「アスリ……あなたはいつもかわいい。
形も、声も、名前も」
唾液で濡れた胸の頂に、熱い吐息がかかった。
その刺激に全身が震え、恍惚のため息が溢れた。
「あぁんっ
あんまり強く噛まないで……んんっ、
舌がっ、なんでそんな動き……っ」

カタブツ騎士団長は溺愛旦那様!?

～没落令嬢ですがお見合い結婚で幸せになりました～

葛城阿高

Vanilla文庫

イラスト／唯奈

序章　愛に目覚めた尊いある日

（肌艶《つや》よし、姿勢よし、体格よし。さすが騎士団長ね、筋肉量も同年代男性の平均以上はありそう。まさにわたしが望んだ健康体の殿方だわ）

――それが、ギルファムを初めて目にした時にアスリが抱いた感想だった。

しかしギルファムと会った者全員が、アスリのようにまず彼の体格に注目すると考えるのは早計だ。

ギルファムは体格のみならず、容姿にもひときわ恵まれていた。

黄金色の髪、深海を思わせる濃青色の瞳、雪のように白い肌。顔立ちのバランスはこれ以上なく完璧で、釣り上がった涼しげな目元と引き結ばれた薄い唇の凛々しさは、惚れ惚れするのを通り越して人々に恐れすら抱かせた。

だから彼は常に孤独で、淡い初恋も若気の至りも甘酸《あまず》っぱい青春も一切経験することなく大人になった。

彼も彼でどうせ怖がられるのだからと他者と深く付き合うことを避け、それでもなお近寄ろうとする者は財産目当てだとみなした。

彼の生まれたマクト侯爵家は国内屈指の名家であり、保有する資産も莫大だったからだ。とはいえアスリにはアスリなりの経緯と事情がありマクト家に嫁いできたわけで、ギルファムの過去も神がかり的な容姿も、彼女にとっては『関係ない』のである。

アスリが結婚相手に望んだものは、長生きできそうな健康な肉体を持っていることただ一つだけ。

家格も資産も地位も、健康以外には求めなかった。

結婚相手がどんな人物であろうとも、一生をかけて尽くし抜こう。アスリはそう決意していたからこそ、長く尽くすことができるよう、配偶者に健康を求めたのだ。

それがきっと、ギルファムにはよかった。

己を恐れず、媚びず、仕事には口を挟まず、ただひたすらに尽くす女性。……巨乳の。

その条件をアスリは全て満たしていた。

かくして互いが結婚相手に求める条件が合致し、晴れて二人は夫婦になったのだが……

予想外にアスリはギルファムを虜にしていた。

「愛している、アスリ」

キスの合間に囁《ささや》かれる、愛の言葉。姑《しゅうとめ》によると以前のギルファムは必要最低限の言葉しか口にしない寡黙な男だったそうだが、砂糖の塊のような今のギルファムしか知らないアスリには、すんなり信じることができない。

薄い寝間着越しに乳房を包み込むように揉《も》み、親指で先端をコリコリと弄《いじ》る。胸に愛撫《あいぶ》を集中させるのは、ギルファムのいつもの癖だ。彼はオッパイが大好きなのだ。

「アスリ……愛しているんだ。どうしたらこの気持ちがあなたに伝わるのだろうか。あぁかわいい。身も心も、そこかしこが身悶《みもだ》えするほどかわいい。どれだけ俺があなたを愛しているか、そっくりそのまま伝える方法があればいいのに……かわいい……好きだ……っ」

いつもの発作である。

孤高の男ギルファムは、誰が見てもわかるくらいアスリを愛し執着していた。まさに夢中、これ以上ないほどに夢中。

騎士団長としての任務中でも脳内はアスリのことでいっぱいで、帰邸後はまず真っ先にアスリを視界に収め腕にも収め、顔中にキスの雨を降らせなければ落ち着かない。もちろん、誰が見ていようともお構いなしだ。

（いくら伝わっていると告げても、ギルは理解してくれないのよね……そうだ！）

「ギル、待って」

今日も今日とてキスとともに寝台に押し倒されかけていたアスリ。しかしギルファムの胸を押し返し、首を振ってやんわりと彼を拒んだ。

「いつもわたしがギルに気持ちよくしてもらってばかりですから、今日はわたしの番。わたしがあなたを気持ちよくしますので、手出ししないでくださいませ」

夫婦となって早数ヶ月、毎晩のようにアスリは愛され、超重量級の愛を囁かれ、彼の苦悩——愛がなかなか伝わらないだのという——を聞かされていた。

もちろん誤解だ。アスリはギルファムに満たされているのに、それを彼は知らない。知ろうとしない。いくら伝えても、『そんなわけはない』と受け入れてくれないのだ。

ならば、とアスリは閃《ひらめ》いた。いつも受け身だった自分が攻めに転じてギルファムに奉仕してみせれば、わかってもらえるかもしれない——と。

姿勢を正し、寝台の上に向き合うようにして座る。

ギルファムの金色の髪は風呂上がりの余韻を残し、まだ湿り気を帯びていた。

普段よりも色っぽい姿に、アスリの鼓動が速まっていく。

ギルファムの肩に手を添えながら、アスリは膝立ちになった。軽く触れただけでも彼の体がいかに鍛えられているか、手に取るようにわかる。

この彼の体の厚みが、アスリはとても好きだった。健康的で、頼もしくて、揺るぎない。とてつもなく安心できる肉体。

「ギル……愛しています」

（いつかギルも安心できる日が来るのかしら。わたしがギルを愛していて、ギルの愛を全

て受け入れていることを、いつか認めてくれるかしら）

ギルファムの太い首に手を回し、顔を寄せて口づけをした。拒まれず、受け入れられることがアスリには嬉しい。二度三度繰り返してから、シャツのボタンに手をかける。

がしかし、その手をギルファムがむんずと摑《つか》んだ。この先はだめだと言わんばかりの強い拒絶がそこにあった。

アスリはびっくりして、ギルファムの顔を確かめた。その顔は悲しみとも怒りとも言えない感情を浮かべており、どちらにしたってこの状況を楽しんではいなそうだと察する。

（ギルは自分が『攻め』でないと許せないタイプだったのかしら？　だとしたら、わたしがしようとしたことは彼にとって受け入れがたい行為だった……？）

途端にアスリは不安になり、己の浅慮を悔やんだ。

しかしギルファムもひと足先に不安に襲われていた。

「アスリ、自らしようとするなんて、まさか俺のやり方では満足できなかったのか⁉」

「……え？　いえ、そういう意味では――」

ギルファムの口から飛び出したのは斜め上の彼なりの推論だった。

「教えてくれアスリ。楽しんでいたのは俺だけだったのだろうか？　だからこうして、アスリが俺に仕込んでくれようと⁉」

「そんなまさか、違います！　さっきも言ったじゃないですか、いつもあなたに気持ちよくしてもらっていると！」

仕込むだなんだと言われても、男女の関係になった異性はアスリにとってギルファムが初めて。実戦で彼から教え込まれたもの以外、アスリには知識がなかった。

だからギルファムの推測はとんでもなく見当違いなのである。

「そうじゃなくて……わたしがあなたをもっと愛したいのです。もっとあなたに尽くしたいの。ギルのわたしへの愛は、ちゃんと伝わっています。だからそのお礼も込めて、こうやってお返ししたくって」

動揺甚だしいギルファムの手を優しく握りしめたアスリは、まっすぐ己の気持ちを伝えた。

一方的に愛されるより、双方バランスよく愛し合うほうがいい。だからもう少し釣り合いが取れるよう、アスリも能動的に動いてみただけなのだと。

「そ、そうか……すまなかった」

ギルファムはすぐさま信じ、それと同時に早とちりを詫《わ》びた。シュンと肩を落とし項垂《うなだ》れて、唇を噛《か》んでいる。

（あぁかわいい、わたしの旦那様《だんなさま》。わたしだけに見せてくれる人間らしさが愛おしい）

その仕草を見ているだけで、アスリの胸は高鳴った。

とうの昔に自立を済ませた立派な殿方が、小さな相手《アスリ》に項垂れている姿。まるで雨に濡《ぬ》れた小犬のようで、いじらしさに抱きしめたくなってしまう。

「あっ――」

ところが彼を抱きしめることは叶わなかった。押し倒されたからだ。

組み敷かれ、密着する。太ももの上を大きな手が這《は》い、寝間着がたくし上げられていく。

「俺が誤解していた、そこは申し訳ない。アスリの本意がわかった今、俺はあなたに報いたい。礼をしたいから、今夜は俺に身を任せてくれ」

「え、っと……？　今夜はって、毎晩わたし、ギルに身を任せているんですけど……？」

「気持ちはありがたいが、どうしても自分が制御できない。アスリへの愛が強すぎて、受け身でいることが難しいんだ。だから、攻守交代するのはもう少し待ってくれ」

押しつけられた彼の下半身は、すでに硬く屹立《きつりつ》していた。

こうなってはもう、アスリにはどうしようもない。

ギルファムとの行為はいつも情熱的に始まる。終わりは見えず夜通し愛されることもあるし、なんなら休息日などは終日服を着用できないこともある。

「もう、ギルったら。わかりまし……っん、ぁ――」

だが、アスリも嫌ではなかった。愛されることは幸せなこと。求められることは幸せなこと。そしてひとりぼっちでないことは、何にも勝る幸せなこと。

寝間着のリボンを解かれて、下着もパパッと取り払われた。

ギルファムはアスリの頭からつま先までをざっと視界に入れてから、唾をゴクリと飲み込んで喉仏を大きく上下させた。それからアスリに覆い被さり、丸みのある胸に唇を寄せる。

相手が赤子ならまだしも、成人男性に執拗《しつよう》に吸いつかれる様は、いささか倒錯的である。肌を重ね始めた当初はそれを不思議に眺めていたアスリだったが、あまりにも毎度のことなので、今では『あぁまたか』と微笑《ほほえ》ましく見守る癖がついてしまった。しかも、『好きなだけ食べてね』と彼に嬲《なぶ》られることに期待すら抱く始末。

「アスリ……あなたはいつもかわいい。形も、声も、名前も」

唾液で濡れた胸の頂に、熱い吐息がかかった。その刺激に全身が震え、恍惚《こうこつ》のため息が溢《こぼ》れた。

「あぁんっあんまり強く嚙まないで……んんっ、舌がっ、なんでそんな動き……っ」

いつの間にか、アスリの乳頭は硬く立ち上がっていた。そこをギルファムがすかさず見つけ、甘嚙みをして先端に舌を擦りつける。

ギルファムの愛撫は胸攻めに特化していた。もともと彼は女性の乳房に並々ならぬ夢を抱いていたようだが、アスリの乳房の形、ボリューム、質感、肌艶、乳輪の大きさ……諸々全てに魅了されてしまったらしく、愛撫が胸に偏るのはもはや日常となっていた。

そのおかげで——あるいはせいで——アスリの胸は開発が進み、こうして甘嚙みされただけでとろけるようになったのである。

「舌でくすぐられるのは嫌い？　こうしたほうがいい？」

両胸の頂を、ギルファムは一度につまみ上げた。

「そ、それあぁ！　だめ、刺激が、強すぎ……ぃ」

嫌がっているわけではない。

それを彼も承知しているので、『だめ』と言われてもお構いなしに胸にキスを落とすのだ。

「ああかわいい。アスリは素直だ……俺が求めるように反応を返してくれる」

「だって、あなたを愛して、いるから……はぁ、あ」

「俺もアスリを愛している。あなただけだ、こんな劣情を抱くのは。まるで俺が俺でないと思ってしまうほどに」

胸が揉まれ、目の前で形が次々に変わっていく。時折爪で先端を弾かれるたび、アスリは嬌声《きょうせい》を上げた。

胸や首筋には赤い痕《あと》が徐々に増え、太ももは彼の先走りによりヌルヌルベトベト。ギルファムはいつしか服を脱いでいた。ただし性器への接触はまだだ。

「ギル……欲しい、です」

先に音《ね》を上げたのはアスリだった。

太ももに当たる熱い剛直はアスリの期待を激しく煽《あお》り、すでにシーツには愛液の染みができていた。

にもかかわらずギルファムは、胸をいじめはするものの決して繋がろうとしない。それがアスリには歯痒く、苛立ちすら感じられた。

「何が欲しい？」

潤んだ瞳でギルファムを求めるアスリに、彼は嬉しそうに微笑み尋ねた。

「あなたの……体の一部が。あなたと、つ……繋がりたい、です」

「一部でいいのか？　俺はあなたに余す所なくもらってほしいのだが」

ギルファムはいつも、アスリに求められたがっている。だからこうして言葉を求め、応えるアスリをさらに翻弄《ほんろう》するのだ。

「……もう待てないの。これ以上焦《じ》らさないで」

手を伸ばし、ギルファムの耳を優しく摘んだ。耳たぶの柔らかな感触を味わいながら、頭を浮かせてキスをせがむ。

バレたか、と弧を描いた唇が押し当てられ、舌と舌が絡まった。時折聞こえる吸い付く音が何とも脳髄に響く。

「ギルが欲しい。ん……全部。わたしもギルに、全部、あげたいっ」

（これが本心だと、わたしは自信を持って言える。結婚のきっかけなんて関係ない。他の

何者も入る余地などないくらい、わたしはギルのことを愛している）

ところが、これだけありのままを口にしているにもかかわらず、ギルファムにはあと一歩届かない。

「ありがとうアスリ。だが……足りない。どうしても飢《う》えが収まらないんだ」

ロマンチックな言い回しはギルファムにはよくあることだ。

（まだ愛が伝わらないとか思っているのかしら。こんなに相思相愛なのに）

「ねえギル、わたしは……ああっ！」

突然、ギルファムが己の剛直をアスリの中心に押しつけた。十分に解しきれていない道は狭く、アスリの顔が痛みに歪《ゆが》む。

「あ、ギル、……っう、あ、ゆっくり……お願いっ」

すでに幾度となく繋がってきた二人である。難なく交わることはできるが、それは時間をかけて体を慣らしていけばの話だ。

二人の体格差とギルファムのそこのサイズを考慮すると、ひと突きで最奥まで至ろうとするのには無理があった。

ギルファムもそれに気づき、途中で立ち止まりため息を吐く。

「こうしてあなたと繋がっても、満足には程遠い。アスリを愛したい。愛されたい」

アスリはギルファムを愛しており、またギルファムからの愛も感じていた。満たされていた。

　ところがギルファムはそうではないという。夫婦となって、営みを繰り返しているにもかかわらず、彼は満たされていないのだと。

「アスリの頭の中を垣間見ることができたら、俺の中に常に燻《くすぶ》るあなたに対する欲望も、いくらかは落ち着くのだろうか」

（わたしが熱いと感じる愛でも、きっとギルにはぬるいんでしょう。こんなに近くにいるのに……仕方のない人ね）

　夫婦も所詮は他人である。どれだけ言葉を重ねても、どれだけ体を重ねても、感情や思っていることを完璧に伝えるのは究極に難しい。

　でも、アスリは夫の重い愛を億劫《おっくう》に感じてはいない。

「まだまだこれから長い時間をともに過ごすんですよ？　今から満足していたら、すぐに飽きてしまうわ」

「アスリ……──」

　ギルファムの広い背中に手を回す。

　厚みといい温度といい指に伝わる筋肉の隆起といい、アスリには彼の全てが愛しくてたまらなかった。出会っていなかった頃には戻れないくらい、アスリの拠り所となっていた。

「ん、あっ⁉　まだ馴染んでないのに……奥に……あぁ、激し……すぎるっ」

「俺はアスリに飽きない自信がある。その上で満足したいというのに……意地悪なことを言うんだな」

ギルファムが律動を開始した。太く長くそり返った陽根がアスリの襞を押し広げ、しつこく刺激を刻んでいく。そのうちに愛液が湧き始め、あっという間に最奥へと到達する。

「意地悪って……はぁ、んん、ギル……続けて……もっと……」

結局ギルファムはアスリへの愛に溢《あふ》れているし、アスリもそれを余す所なく受け取りたいと考えている。そして現に受け取っている。

結局あれこれ込み入ったことを話していても、混ざり合うとすぐに精一杯になる。それはアスリもギルファムも同じだ。

——とはいえ、アスリも嫁いできた当初はギルファムがこんなに情熱的な人だとは全く想定していなかった。

見合いのため遠い異国からはるばるやってきたというのに二ヶ月も待ちぼうけを食わされるわ、ようやく会えたと思いきや財産目当てだと決めつけられて追い返されかけるわ。

そんな非情な男ギルファムを、どのようにしてアスリが執着強めの愛に目覚めさせたのかというと……——。

1章　カタブツはまだ愛を知らない

1

「アスリ様、これは？　このお金は、一体……」

「あなたの退職金よ。これまでずっと大したお給金も支払えなかったのに、サデラウラ家に長らく仕えてくれてありがとう。その感謝の気持ちだから、遠慮なく受け取って」

　アスリの父が他界した。病死だった。

　母親はその一年半前に事故で他界していたため、これでアスリは天涯孤独の身となった。

　厳密には年の離れた異母兄がいたが、ほぼ他人のようなもの。彼は父の亡き前妻の息子で、実母の家の養子となり、すでに家長として家業を引き継いでいる。アスリとも数回会ったきりで、頼れるような間柄ではなかった。

　もちろんこの先も頼る気はない。連絡したのに父の葬儀に来なかったのだから、向こうも関わりたくないのだろう、とアスリは冷静に結論づけていた。

小切手に記された金額を見て、メイドは目を白黒させた。一般のメイドが受け取る退職金に比べ、二倍も三倍も多かったからだ。

「遠慮なくって……ですがこんな大金、どうやって作ったのですか⁉」

「………」

サデラウラ家が財政難であることは、メイドも当然のごとく知っていた。

狭い領地に狭い屋敷、跡取り娘は両親の介護の傍らで育てたハーブを精油にして、街へ出かけて売っている。誰がどう見たって、貴族とは名ばかりの慎しい生活だ。

それを間近で目の当たりにしているメイドが、知らないはずはない。

したがって退職金を捻出できるゆとりがないことは誰の目にも明らかで、メイドは大層驚いたわけである。

「まさかアスリ様……身売りを⁉」

問いに答えずただ微笑むだけのアスリを見て、メイドは恐ろしい想像をした。

ユセヌ人は赤毛の人種だが、中でもアスリの色素は薄く、白い肌と世にも美しいピンクブロンドの持ち主だった。おまけに垂れ目垂れ眉の童顔なのに、胸も尻も大きい。

世間一般的な美女とは少し異なったが、一部界隈の男性には猛烈に好まれそうな容姿をしていた。

だからそんな彼女が大金を稼ぐには、その身を売るのが最も手っ取り早い道だとメイドは考えたわけだ。

しかしアスリは否定する。

「貧しくてもわたしはサデラウラ伯爵家の娘。いくらなんでも身売りはしないわよ」

身売りはしない。言い換えれば、他のものを売ったのだ。

すなわちアスリは領地を売った。父の生前から近隣の貴族にかけあって、父の死後に手放すことを計画していた。そしてこのたび葬儀が終わり、ひと息ついたタイミングで実行に移しただけの話だ。

どれもこれも、領民のため。

アスリだけでは領地を管理し切れなかった。かといって運営に詳しい者を雇う金もなく、領民の暮らしを豊かにすることもままならない。

そうであるなら隣接する領地に合併してもらったほうが、領民は安定した暮らしを送れる——という結論に至ったのだ。

「細かいことは気にせずに、あなたにはこのお金を受け取ってほしい。嫁き遅れたとはいっても、わたしはまだ若いもの。自分一人の人生くらい、何とでもできるから」

事情が呑《の》み込めないながらも、アスリに押し切られる形でメイドは退職金を受け取った。

メイドの旅立ちを見送ったあとは、二ヶ月かけて屋敷を整理し、領地とともに買主に引き渡しを済ませた。そしてアスリはその足で王宮へと向かった。

これで全て終わる。寂しいけれど、死ぬわけじゃない。そう自分に言い聞かせながら正門へ続く長い階段を上っていると、背後から女性の声がかかる。

「――っと待って！　お嬢さん‼　あなた、アスリでしょう？　アスリ・サデラウラ！」

猛スピードで追いかけてくる中年の女性に、アスリは見覚えがあった。

ウェーブのかかった鮮やかな赤毛と、それに合わせた鮮やかな口紅。

「……メ、メルテムお義姉様《ねえ》？　お久しぶりです……でも、どうしてこんなところに」

メルテム・シュリーハルシャ。異母兄の妻であり、アスリの義理の姉だ。

異母兄とアスリは親子ほどの年の差があるので、その妻メルテムも『姉』とはいっても親子ほどの年の差があった。

「やっぱりアスリだったのね、ここで会えてよかった……！」

メルテムは細やかな刺繍《ししゅう》の入ったカフタンの裾をたなびかせながら駆け寄って、アスリの手をぎゅっと握った。

メルテムとアスリに血の繋がりはなく、顔を合わせたのも異母兄と同じくほんの数回。しかしこれまでに出した手紙二通のうち父の病気を知らせた一通目に、『困ったことがあったら遠慮なく言ってくれ』と温かい返事を送ってくれた。ついぞ彼女を頼ることはなかったけれど、その言葉はアスリの心の支えだった。

肩で息をしながら、メルテムはアスリに憤りをぶつける。

「っもう、信じられないわ！　お義父様《とう》が危篤と聞いて急ぎ駆けつけてみれば、すでに葬儀は終わっているどころかサデラウラ領がサデラウラ領じゃなくなっているし、あなたも行方知れずっていうし！」

父の病状の詳細を、アスリは兄に知らせなかった。『息子は実母の家を継いでいるのだから』と父が拒んでいたからだ。

いよいよ危篤が迫った時にようやく二通目を送ったが、ちょうど兄夫婦は外遊中。手紙の確認が遅れたのだそうだ。

アスリは取り繕《つくろ》うように笑い、「ごめんなさい」と小さく謝る。

「わたしだけでは領地を回すのは難しくて……」

「だからって、売ることないじゃないの！　あなたこれからどうするつもりなの？　……まさか、西の森の子爵家で家庭教師でもするつもり？　由緒あるサデラウラ伯爵家の跡取り娘が、住み込みで世話になるつもりじゃないでしょうね!?」

（ど、どうしてそこまで知っているんだろう……）

彼女の言う通りだった。領地を買ってくれた貴族に働き口がないか尋ねたところ、件の子爵家が家庭教師を探していると紹介してくれたのだ。

伯爵家の娘が格下の子爵家で働くなど、一般的には稀《まれ》だ。

しかしアスリはプライドだけでは生きていけないと知っていたし、十四歳からの長い介護生活を経験し、大抵のことには耐えられる自負があった。何より、誰かの役に立てることを幸せにすら思っていた。

とはいえアスリも貴族のはしくれ。家格の観点から苦言を呈されると痛い。だから論点をずらす。

「こう見えてわたし、頭でっかちなんですよ。介護中も勉強だけは欠かさなかったので」

するとメルテムは眉を垂らし、辛そうに唇を噛んだ。涙ぐみ、アスリの頬に手を伸ばす。

「こんなうら若いお嬢さんが、介護に青春を捧げなければならなかったなんて……っ」

アスリが生まれた時点で父は四十四、母は三十五と高齢だった。それに加え、父親が六十目前で病気になり、同時期に母親も認知症になってしまった。

全く平気でした、とは言えない。辛いことや後悔も多く、美談にできる余裕もない。

空気を悪くしたくないのに感情を偽ることができず、アスリは言葉に詰まってしまう。

その隙を勘のいいメルテムに突かれた。

「それで、これからは家庭教師になるのだからと、王宮で爵位放棄の手続きをしようとしたのね？　土地もない自分に爵位は不要だからと」

「……っ！」

アスリはギクリとした。図星すぎて固まっていると、メルテムが顔を寄せ忠告する。

「だめよ、爵位はあなたの血筋を証明する証。特にサデラウラ家は名家で、大国ウォルテガの皇妃とも繋がりがあるのよ。持っていて困ることはないのだから、そのままにしておきなさい」

「でもわたしには、もう使う場面もないのに……」

遠く離れたウォルテガ帝国。かの国の先々代皇妃の母親は、確かにサデラウラ家出身だ。しかしそれも大昔の話で、血筋云々《うんぬん》と言われてもアスリにはピンと来ないのだ。

困っていると、メルテムがじっと己を見つめていることに気づく。優しい眼差《まなざ》しで、目には涙を溜めている。

「……アスリ、こうして会うのも何年ぶりかしら。美しくなって……それなのに、随分と大変な思いをしたのね。お父様とお母様のこと、心からお悔やみ申し上げるわ」

そう言ってメルテムが頭を下げるので、アスリも慌てて頭を下げた。

「とんでもないです、ありがとうございます。メルテムお義姉様からもこうして温かいお言葉を頂戴できて、両親も天国で喜んでいることと思います」

「あなたのお父様は、私の夫の実父でもある。家名こそ違うけれど、血を分けた父子であることには違いないわ。それなのに、何もしてあげられなくてごめんなさい。夫に代わり、シュリーハルシャ家として謝罪するわ」

アスリの家族はやや複雑だが、不義は一切なかった。アスリの父が後妻と出会ったのも前妻が亡くなってからのことだし、異母兄が養子となる経緯も、円満なものだった。

悲劇といえば、父が前妻の実家と異母兄に遠慮しすぎたことくらいか。

（葬儀へのご参列は叶わなかったけれど、両親のことをこうして覚えていてくれる人がいた……。それだけでわたしは嬉しい）

アスリは満足していて、これ以上何も望んでいなかった。ところがメルテムは違った。

「償いにはならないけれど、せめてあなたの結婚の世話を私にさせてもらえないかしら」

「……け、結婚の世話、ですか？　わたしが結婚？　もう二十三なのに？」

突拍子もなく飛び出した『結婚』という単語に、アスリは苦笑いをこぼした。

没落貴族の令嬢で、年も二十三だなんて言ったら、どんな殿方も門前払いするに決まっている。それよりもまず、結婚となるとこれからの予定が大幅に崩れる。

「でもわたし、もう仕事が決まっていますし……王宮で爵位放棄の手続きをしたら、すぐに先方のお屋敷に向かう予定で……」

雇い主にいきなり迷惑をかけてはいけない。そう思って断ろうとしたが、メルテムは押しが強かった。

「子爵家には私のほうから断っておくから安心して。代わりの家庭教師を見繕って送ってやれば、あの家も不満は言わないでしょう。年齢も心配いらないわよ、二十三なんてまだまだよ。アスリがこの先幸せになれるよう、この私が必ず良縁に巡り合わせてあげる。だから安心して私にドンと任せなさい！」

「は、はあ……」

とても遠慮できる雰囲気ではなかった。なんならその場で子爵家への手紙の手配が始まっており、アスリには口出しの隙もなかった。

「さぁさぁ！」とシュリーハルシャ家の馬車に押し込まれ、「出して」というメルテムの掛け声とともに馬がゆっくり走りだす。

「嫁ぎ先が決まるまで、しばらくは私の家でゆっくりするといいわ。それで、アスリはどういう殿方が好みなのかしら？　できるだけあなたの望みに沿った方を見つけたいの。だから、アスリの理想の男性像を教えてくれる？」

己の未来がぐるんと変わっていくスピード感に、アスリは目眩《めまい》さえ覚えた。

「ええー……と、じゃあ、そうですね……。健康な殿方がわたしの理想、でしょうか」

取り急ぎ、聞かれたことには何とか答えた。

男性の好みと聞いて真っ先に頭に浮かんだのは、亡き父のことだった。父は六十を前に病気にかかり、長い闘病生活を経て小さくなって死んでいった。

配偶者が病気になったら、当然アスリは看病するだろう。でも、できるならば、可能な限り病気も怪我もなく長生きしてほしい。そのほうが、長らく尽くすことができる――。

「……それだけ？」

いくら待っても他の条件を付け加えようとしないので、メルテムが尋ねた。

「はい。健康で、長生きしてくれる方ならどなたでも」

メルテムの脳裏にもアスリの父が浮かんだのだろう。

涙ぐみ、目を拭《ぬぐ》うとしっかりと頷《うなず》いた。

「……わかった。アスリ、あなた運がいいわ。ちょうどあなたの望みに合致する殿方を知っているの。その家へ急ぎ手紙を送るから、返信があり次第向かうわよ。長旅になると思うけど、シュリーハルシャ家が責任を持って送り届けるから安心なさい！」

メルテムの話しぶりでは、すでにこの縁談がまとまると確信しているようだった。

それがアスリには不思議でならなかったが、すぐに先方から歓迎する旨の手紙が届き、あれよあれよというちにアスリは単身異国へと向かうことになった。

2

アスリの嫁ぎ先は、ウォルテガ帝国有数の貴族、マクト侯爵家だった。

侯爵位を持っていながらも代々騎士として従軍している家系で、現当主のギルファムも皇帝に忠誠を誓い帝国第一騎士団の団長を務めているという。

領地とは別に王都に屋敷を有し、アスリが到着したのもそこ。騎士団長としての任務のため、ギルファムが王都の別邸で暮らしていると聞いたためである。

別邸といっても非常に広く、アスリが暮らしていたサデラウラ邸が五つはすっぽり収まりそうだ。

しかも隅々まで手入れが行き届いているようで、芝は刈られボックスウッドは整えられ、没落貴族のアスリの嫁ぎ先としては尻込みしてしまうほどの財力を思わせた。

「お初にお目にかかります。義姉メルテム・シュリーハルシャの紹介でユセヌ公国から参りました、アスリ・サデラウラと申します」

「これはこれは、はるばるお越しくださいました。ようこそマクト家へ。どうぞお入りください」

ユセヌでは男女ともに手首から足首を隠す長いローブ状の外套《がいとう》を着用するが、ウォルテガの服装は全く違うようだ。

執事は細身のジャケットとトラウザーズを着こなし、茶を運ぶメイドはブルーグレーのシンプルなドレスに白エプロンを重ねている。

使用人であるはずの彼らの制服には糸一本のほつれもなく、それに対しアスリの服装は、数年前から着続けている一張羅。同じ空間にいると、途端に己がみすぼらしく思えてくる。

ウォルテガに向かうにあたり、メルテムからは一着仕立てようかと提案されていた。しかし結婚のことでこんなにも世話になっているのに、これ以上迷惑はかけられない、とアスリは断っていたのだ。

それを今この時になって、まさか悔やむことになろうとは。

運ばれた茶も茶器も、アスリには見たことがなかった。

花柄の平らなソーサーに、同じ柄の浅いカップ。指を引っ掛ける持ち手は、ユセヌの茶器にはないものだ。

「初めまして、アスリさん。わたくしはあなたの夫となるギルファムの母、パトリツィア・マクトです。こちらがギルファムの父、ディーデリヒよ」

（この方たちが、わたしの未来のお姑さんとお舅《しゅうと》さん……）

パトリツィアは長身で姿勢もいいため、まっすぐ座っているだけでアスリを見下ろす角度となる。紫がかった青い目は鋭く、一層厳しそうな印象を受ける。

また、ディーデリヒも長身で、老いてはいるが体格がいい。パトリツィアと二人並んで座っているとアスリにとっては壁のように感じられた。

しかし怯《おび》えているわけにもいかない。嫁ぐからには誠心誠意嫁の務めを果たそうと、自己紹介とともにアスリは頭を深々と下げた。

そしてハッとする。パトリツィアたちに頭を下げる気配がなかったからだ。

（ユセヌでは頭を下げ合うのが礼儀だけど、ウォルテガでは違うわよね。でも、ウォルテガのマナーがわからない……）

一人縮こまっていると、パトリツィアがソーサーごと手に取って、持ち手を親指と人差し指で持ち、優雅に紅茶を一口飲んだ。その一連の動作をアスリはそっと観察する。

「サデラウラ家は先々代皇妃陛下のご親戚だと伺っています。そのような素晴らしい血筋の方が我がマクト家に嫁入りくださること、とても嬉しく存じます」

「あ……ありがとうございます。しかし大変お恥ずかしいことに、サデラウラ家の人間は残すところわたしだけ。かつてほどの勢いはなく、父の葬儀を待ち領地すら手放したところなのです。そんなわたしがこんなに立派な嫁ぎ先を得るなど、……——」

「不安なのですね？」

口ごもった語尾を、パトリツィアが補足した。

ゴクリと唾を飲み込んで、覚悟を決めてアスリは頷く。

「……はい。ウォルテガのしきたりもマナーも知らない、そんなわたしが嫁いできても、マクト家の皆様のご迷惑になるのではないかと危惧《きぐ》しております」

せっかくメルテムが繋いだ縁だ、できればここに根を下ろしたい。しかし自分にはあまりにも良縁すぎる。だからせめて誠実でいよう——とアスリは正直に打ち明けたのだ。

その告白にパトリツィアはディーデリヒに目配せをして、頷いた。

「アスリさんにはすぐにでも息子と会ってほしかったのだけれど、生憎息子は戦地で騎士団を指揮しており不在。あの子が帰還するにはもう少し時間がかかるでしょうから、それまでにわたくしがあなたにウォルテガのマナーを叩き込みましょう。そうして、あなたにはマクト家の嫁として相応《ふさわ》しい淑女になっていただきます」

（息子は戦地で騎士団を指揮……どうりで。だからギルファム様ではなく、ご両親がこうしてご対応くださっているのね）

状況を理解しながら、パトリツィアの言葉一つ一つを呑み込んでいく。

「……ということは、わたしを追い返さずにいてくださるのですか⁉」

最後まで咀嚼《そしゃく》し終えたところで、アスリはパッと表情を輝かせた。

ギルファムという男との結婚を待ち望んでいたからではない。『ここにいていい』と言われたからだ。

パトリツィアはアスリの反応に目を細めてささやかに笑った。

「もちろんです。あなたはあのメルテム・シュリーハルシャ様の妹御。伝説の世話人である彼女のご紹介ですもの、わたくしはこの縁談が持ち上がった時から何も心配はいらないと思っていましたのよ」

伝説の世話人。

珍妙な二つ名が気にならないことはなかったが、アスリは己の身を包む安堵《あんど》と喜びでそれどころではなかった。

「ありがとうございます！　精一杯、マクト家の皆様にお仕えさせていただきます。お義母《かあ》様、お義父様、これからどうぞよろしくお願いいたしますっ！」

膝に頭が付きそうなくらい、アスリは深々と頭を下げた。これはユセヌ式の感謝の印。感謝を伝える術《すべ》を、他にアスリは知らなかった。

ピンクブロンドの頭に載った、小さな帽子と髪全体を覆うヴェール。

ウォルテガでは見慣れない民族衣装のそれを眺めながら、パトリツィアが眉間に皺《しわ》を寄せため息を漏《も》らす。

「残る心配といえば、あのカタブツ息子をアスリさんが気に入るかどうかね……」

「はい？　お義母様、何かおっしゃいましたか？」

顔を上げて聞き返したが、なんでもない、こっちの話だとはぐらかされてしまう。

「そんなことよりもまず、アスリさんに使用人を紹介しましょう。屋敷の案内もせねばと思っていますけど……明日にしたほうがいいかしら？」

ユセヌからウォルテガは遠く、一ヶ月かけて数ヵ国を渡ってようやく辿り着いたところだ。旅の疲れも溜まっていたが、そんなものは一瞬にして吹き飛んだ。

「いいえ！　善は急げと言いますから、今日からどうぞご指導くださいませ！」

ユセヌでは、顔と指先以外の肌を夫以外に見られてはいけない決まりだ。だから常に長袖の外套で肌を隠し、シャルワール――ゆったりとした長ズボン――の上にスカートを穿《は》き体の線を隠していた。

しかしウォルテガにそんな決まりはないようだ。

胸は高く、腰は細くコルセットで整えて、体の線を美しく見せる。あえて言うならそれがルール、といったところか。腰から下をスカートで覆って隠すことは同じだが、その下にはズボンではなくタイツやストッキングを穿いた。

挨拶《あいさつ》は頭を下げず、スカートの裾を摘み膝を曲げる。

主食のパンはバックウィートではなく小麦から作る。

マナーも服装も食事も異なり、知り合いの一人さえいない異国の地。しかしここが自分の生きる地だ、と決めたアスリは強かった。

弱音を吐かず、教えられたことを覚え、守り、不明なことがあれば積極的に質問した。パトリツィアからはもちろん、使用人から教わることだってある。けれど身分の差など鼻にかけず、何かを教えてもらったら「ありがとう」と感謝を伝えた。自分から使用人の仕事を手伝うことも少なくなかった。

そんなアスリだからこそ、あっという間に打ち解けてマクト家の一員として認められたのだろう。

当主ギルファムとの顔合わせを果たさぬうちから「アスリ様以上に奥方に相応しい方はいない」と太鼓判を押され、『奥様』と呼ばれるようになったのだが……マクト家で暮らし始めて早二ヶ月、ギルファムが帰ってくる気配はない。

3

「アスリさん、たった今連絡が入ったわ。戦が終わり、ギルファムも王都に向かっているそうよ」

ウォルテガでの生活に慣れた頃、とうとう事態は動く。主の帰還の報せが届いたのだ。

マクト家の領地は王都の東にある。パトリツィアとディーデリヒはそこで暮らしていたのだが、アスリのため一時的に王都の別邸に滞在してくれていた。

「ようやくギルファム様とお会いできるのですね？」

領地から転送されてきた手紙を居間で選《え》り分けていたアスリは、手を止めパトリツィアに尋ねた。

すると彼女は首肯し、アスリのそばに腰掛ける。

「二ヶ月も待たせてごめんなさい。本当に、よく痺《しび》れを切らさずにいてくれたものだわ」

「とんでもない。わたしのほうこそ、追い出さずにいてくださって感謝しています。屋敷の主が不在なのに、押しかけた上に居座ってしまったので」

夫そっちのけで先に舅姑《きゅうこ》――予定――や使用人と親しくなったこの状況は、ユセヌの常識でもウォルテガの常識でも一般的とは言えなかった。

したがって、結婚すると決まっている縁談ではあるものの、肝心の夫に会えていないことにアスリは焦《あせ》りを覚えていた。

しかしまもなくギルファムが帰ってくるのだ。ようやく対面できるとあって、緊張よりも安堵のほうが強かった。

「予定では明日にも王都に到着するみたいよ。雑務があることを考慮したとて、遅くとも二日後にはここへ帰邸してくるでしょう」

パトリツィアの顔にも安堵の色が浮かんでいる。

これでようやく縁談が進む。いい方向に動くのだと、マクト家全体が活気づく。

「承知しました。ギルファム様にお会いできること、とても楽しみにしています」

「ええ、存分に楽しみにしていて。ギルファムもこの縁談には乗り気ですからね」

アスリは満面の笑みで応え、パトリツィアも笑顔を返した。


……とは言ったものの、報せを受けて四日、ギルファムは別邸に姿を見せない。

王宮に出入りする業者や、帰還する騎士らの姿を見たという者の話から、ギルファムも確実に王都に戻ってはいるようだ。おそらく騎士宿舎にでも泊まっているのだろう。

「アスリさん……ごめんなさい、こんなはずじゃなかったのですけれど」

五日目、とうとうたまらずパトリツィアが謝罪した。

「あの子、父親に輪をかけた仕事人間のカタブツだから。若くして第一騎士団の団長に就いてしまったこともあって、仕事が山積みで帰邸どころではないのかもしれないわ。……せっかくかわいい未来の妻が今か今かと待っているのに！」

「お義母様、気にしないでください。お仕事をなさっているのならなおのこと、頑張っていただかなくては。わたしのことは二の次で構いません。お体に支障が出ない程度であるならば、それで」

アスリの言葉は本心の通りだが、他方でここまで蔑ろにされるということが何を意味しているのか、想像できぬわけではなかった。

アスリとの縁談も、アスリが王都のマクト邸で待っていることも、パトリツィアが手紙で報告したという話だ。したがってギルファムはアスリの存在を知っているはずで、知っていながら無視しているのだ。

（ギルファム様は本当は、この縁談に乗り気ではないのだわ。……当然よ、だってわたしは外国人だし、嫁き遅れの没落令嬢。おまけに、主人のいない屋敷に我が物顔で居座っている図々しい女なんだもの、嫌厭《けんえん》したっておかしくないわ）

ギルファム・マクトという男がアスリのことを『受け入れる』と言うなら結婚するし、拒絶するのならできない。

それはそれで仕方ないが、拒まれた場合、この家を出てどこへ行くか。――それがアスリ最大の悩みだった。

憂鬱《ゆううつ》な気分を打ち払おうと、メイドたちと一緒になって二階の客間の掃除をしていた。すると廊下をパタパタ走る音が聞こえ、メイドのカーリンが慌ただしくやってきた。

「奥様、奥様っ！　大変です～‼」

「どうしたの？　またブリムシでも出たの？」

ブリムシとは黒褐色の害虫だ。素早くトリッキーな動きは多くの人を恐怖させ、また繁殖力も高く気づくと家の中に潜んでいることから、それはそれは嫌われている虫である。

さらに彼女は度を超えた虫嫌いなので、部屋に出たブリムシの始末をアスリに任せることが度々あった。

この慌てぶりはまた虫かな、と思って声かけをしたが、彼女は首を横に振った。

「違うんです！　ついに、ついに旦那様がお帰りになったんですっ‼」

「お帰りって……ギルファム様が？　このお屋敷に？」

「そうです～！　ほらっ、お掃除なんてどうでもいいですから、早く‼」

埃叩きをカーリンに奪われ、背中を押されるようにしてアスリは階段を下りた。

（ギルファム様がついにお帰りに……。何て挨拶すればいいのかしら。やっぱりまずは『初めまして』から？　ああどうしよう、急すぎて何も浮かばないわ）

突然の展開に浮き足立ちながら、アスリは一階に着いた。螺旋階段のある部屋を出て廊下を右に進めば玄関、左に進めば居間がある。

到着したばかりなら玄関でお出迎えかしら？　と右に向かおうとしたところで、パトリツィアと男性の話し声が聞こえてきた。

「――してこんなに遅れたのです？　王都にいるのならいるで、せめて顔を見せに一度帰邸してもよかったじゃありませんか！」

「俺にも仕事の都合があります。全て母上のご期待通りに動くことはできません」

抑揚の少ない、低く平坦な声だ。

パトリツィアを『母上』と呼んでいることから、声の主がギルファムだとアスリは瞬時に察知する。

「手紙は読んだのよね？　何度も送りましたからね、届いていないとは言わせませんからね！　二ヶ月！　アスリさんは二ヶ月も、あなたのために待っていてくださったのよ⁉」

パトリツィアが怒っている。

しかしギルファムは少しも悪びれず反論する。

「そもそもその娘、胡散臭くはありませんか？　これだけ放置されていながら大人しく待っているなんて、ろくな人間ではありませんよ。どうせ我が家の金と地位が狙いなのです。ここまで男に蔑ろにされたら、普通の女性は怒って帰っているはずですから」

アスリへの配慮など欠片もない、辛辣な言いぶり。会う前から、ギルファムはアスリのことをよく思っていなかったのだ。

これに怒ったのはパトリツィアだ。

「まっ！　なんて失礼なことを！　アスリさんはおまえが思っているような悪女ではありません！　何より、あの伝説の世話人メルテム・シュリーハルシャ様のご紹介なのよ？　メルテム様におまえが出した条件を伝え、紹介されたのがアスリさんなのですからね！」

アスリは図らずも自分への悪口を耳に入れてしまったわけだが、幸いにして大きなショックは受けていなかった。

二ヶ月も勝手に居候している、見ず知らずの外国人の女。

ギルファムが警戒することは至極当たり前のことだと、アスリは冷静に己を客観視していたからだ。

それよりも、義姉メルテムが再び『伝説の世話人』という異名付きで呼ばれたことに、アスリはクスッと笑ってしまう。

(伝説の世話人？　確かにお義姉様は社交的で人脈も広いみたいだから、縁談の紹介を頼まれることも多いのでしょうけど……伝説って！)

アスリは当事者であるのに、パトリツィアとギルファムの話をどこか他人事《ひとごと》のように聞いていた。それは、二ヶ月以上も放置された己の存在価値を客観的に理解していたからかもしれない。

耳に届く声が大きくなり、いよいよ二人が近づいてきた。二人の影が視界の先の絨毯《じゅうたん》の上に載った。

「誰の紹介であろうが関係ありません。俺の要望全てを満たす女性など、そう簡単に見つかるわけがない。妥協するくらいなら一生独身でもいいと、出征前に告げたのをお忘れですか？　それとも、母上もすでにその女に取り込まれたとか？」

（あぁ、そうか。ギルファム様はきっと初めから……——）

「ギルファム！　撤回しなさい、失礼すぎます‼」

パトリツィアの怒りに満ちた声。

それをアスリは複雑な気持ちで聞いていた。

「これくらい言わねば母上の目も覚めないでしょう？　母上に難しければその女、俺が追い払って差し上げますが……——」

ついに二人は部屋の前に差し掛かり、アスリの視界にギルファムが映った。

（肌艶よし、姿勢よし、体格よし。さすが騎士団長ね、筋肉量も同年代男性の平均以上ありそう。まさにわたしが望んだ健康体の殿方だわ）

見たところ、ギルファムは義父ディーデリヒよりも長身だった。胸板は厚く肩幅も広く、鍛え抜かれた体をしている。

プラチナブロンドの髪は一本の乱れもなく整えられ、また騎士服の着こなしも正しく、パトリツィアに『カタブツ』と呼ばれている理由がわかったような気がした。

（……ああ、でもこの人はわたしを拒んでおられるものね。期待してはいけないわ）

「あ、あの……盗み聞きをするつもりはなかったのですが……申し訳ありません。初めまして、アスリ・サデラウラと申します……」

スカートの脇をちょんと摘み、膝を曲げて会釈した。

これが、二人の出会いであった。

4

散歩から戻ってきたディーデリヒも合流し、四人は応接室に移動した。

アスリの隣にはパトリツィアが座り、ギルファムの隣にはディーデリヒが座るという、男女に分かれた席の配置はいささか奇妙と言えば奇妙。

「アスリさん、ひどい会話を聞かせてしまって本当にごめんなさい。ギルファムはあんなことを言ってはいたけれど、悪気があったわけじゃないの。……だからといって許されることではないわよね。ごめんなさい、息子の代わりに謝るわ」

カーリンの淹れた紅茶が置かれ、口火を切ったのはパトリツィア。アスリに体を向け、眉尻を下げ、申し訳なさそうに何度も何度も謝った。

それから正面に向き直り、垂らした眉をシャキッと吊り上げる。

「次に、ギルファム。アスリさんと会話もせずに追い出そうとは何事ですか！　マクト家の者がそのような狭い心でどうするのです！　このままご破算にするなど絶対に許しません。まずはアスリさんを知り、おまえもアスリさんに知ってもらいなさい‼」

行くわよ、とディーデリヒに告げ、二人連れ立って退室する。

そして広い応接室に、ギルファムとアスリは残された。『あとは若い者だけで』というやつだ。

重い空気に耐えかねて、アスリはチラッとギルファムを窺う。

が、同じタイミングでギルファムもアスリを窺っており、目が合った。慌ててサッと視線を逸《そ》らし、恐る恐る再度窺ったが、またしても目が合った。

それを数度繰り返したあと、意を決してアスリから話しかけることにした。

「改めまして、アスリと申します。本日はお疲れのところ、このようにお時間を頂戴してしまってすみません」

ギルファムの背筋はまっすぐで、両手は膝の上。顔立ちは父のディーデリヒに似ている。

その彼がアスリに質問する。

「アスリ殿は俺の見合い相手として連れてこられたそうだが、本当か？」

アスリの認識では『結婚相手』としてマクト邸にやってきたはずなのだが、彼にとっては違うらしい。

こんなところですでに齟齬《そご》が発生しているとは……と早くも先が思いやられたが、このままにしておくわけにもいかない。

「大筋は本当です。わたしはお見合いではなく結婚だと知らされてやってきたので、そのあたりが少し異なりますが……でも、ギルファム様のお気持ちもわかります。生涯の伴侶となるのですから、ご自分で確かめたいとお思いになるのも当然かと」

「あなたは俺を確かめることもせず縁談を受けたのではないのか？　知らぬ相手に嫁ぐことを、嫌だとは思わなかったのか？」

ギロリと睨《にら》まれると、威圧感で首の後ろがチリチリした。しかしギルファムが抱く疑問も至極当然に思えたので、臆することはなかった。

「わたしのために義姉が見つけてくださった嫁ぎ先ですから、最初から断る気はありませんでした。どんなお家を紹介されようが頑張ろうと決めていましたので」

まさかこんなに拒絶されるとは思っていなかったけど。それを言うか言うまいか悩み、結局曖昧《あいまい》に笑って誤魔化した。

ギルファムは唇を噛み、自分の胸元をぎゅっと握った。視線も定まらず、どこか苦しそうにも見える。

「あの……やっぱりお疲れではありませんか？」

「問題ない。少し……いや、なんでもない」

（なんでもないのにその仕草……縁談を断ることに罪悪感を抱いているのかしら？　この結婚、もといお見合いには不本意だけど、それとは別にわたしを傷つけたくない、と）

優しい人だ。

アスリはそう感じた。自他ともに厳しく、優しい人。

だから断られたとしても、ギルファムを恨む気持ちは生じないだろうと思った。

彼は咳払いと深呼吸をして、面と向かってアスリに告げる。

「俺の本心は先ほど言った通りだ。俺はあなたを信用できない。あなたも、財産目当てだと疑う俺と一緒にいるのは辛いだろう？　だからこの縁談は断ってくれて構わない」

とはいえ、こちらが二ヶ月も引き留めあなたを振り回したことには変わりない。だから、そのぶんの慰謝料も含め、いくらかの補償は出すつもりだ。

――と示談までまとめようとするとは、さすがマクト家の当主は抜け目がない。

「そうですか……」

（わたしを疑うのは警戒心が強い印。悪いことだとは思わない。むしろ真面目な方なのねと解釈したけど……残念。彼に拒まれてしまっては、諦めるしかないわね）

アスリに帰る家はなく、気軽に助けを求められる家族も友人もいない。だからできればギルファムとの縁がうまくいってほしかった。

しかし彼の反応は『拒絶』。取りつく島などどこにもないのだ。

「ギルファム様のおっしゃる通りです。ユセヌの貧乏貴族のわたしがこんな格式のある家に嫁ぐだなんて、どだいおかしな話でしたから。……申し訳ありませんでした」

「………」

感情的にならないよう、細心の注意を払って告げた。しかし声にばかり注意が向いたせいか、頭を下げてユセヌ式の謝罪をしてしまったことにアスリは気づいていない。

これ以上、ギルファムといても話すことはないだろう。頭を上げて姿勢を正し、「では」と告げて立ち上がった。兎にも角にもこの部屋から出る必要があるからだ。

「……っ、ユセヌへ帰るのか？」

アスリがいなくなれば、ギルファムはきっと安堵できる。財産をつけ狙うネズミを追い払うことができた、とさぞかし清々するだろう。

にもかかわらず、追い払ったあとのことを尋ねるなんて、どういう風の吹き回しか。

しかもその表情は、なぜか『安堵』とは程遠い。ソファから背中を浮かし、どこかソワソワして見える。まるで何かを悔いているような、悩んでいるような……。

（わたしを憐れんでの質問？　拒絶したことを後悔している？　だとしたら、やっぱりギルファム様は優しいお方だわ。でも、それに甘えてはいけない）

アスリは元気を振り絞って、明るい声で答える。

「いいえ。ユセヌに家族はおらず、領地も売ってしまいましたから。義姉にもこれ以上迷惑をかけられません。だからひとまずこの国で、働き口を見つけようかと」

明日からの暮らしを考えると、憂鬱にならざるを得ない。仕事、住居、お金……。

しかしギルファムはアスリにため息をつく暇を与えない。

「領地を売った？　働く!?　あなたは貴族の娘ではないのか？　ユセヌでは貴族の女性も働いている……というわけではないだろう？　俺と結婚してしまえば、働かずとも豊かな暮らしが送れるのに…………いや、今の発言は不適切だった。忘れてくれ」

「気にしません」

驚きのあまりギルファムは前のめりになって、どういうことだと食ってかかろうとした。彼にとって、アスリの言葉は信じがたいものだったのだろう。

彼の言う通りマクト家に嫁ぐことができたなら、万事うまくいった。屋根のある暖かい場所で食うに困らぬ生活が送れることは、アスリももちろんわかっていた。

だが当のギルファムに拒まれているのだから、もうどうしようもないのである。

アスリは頭を切り替えて、穏やかな微笑みをつくった。

「ギルファム様、二ヶ月もの長きに渡り、わたしをここに置いてくださってどうもありがとうございました」

（仕方ないわ、わたしはこの人と縁がなかった。それだけよ。メルテムお義姉様の『伝説の世話人』という二つ名を、わたしが汚すことにならなければいいけど……)

「ア、アスリ殿！」

礼をしてギルファムに背を向けると、彼が名を呼んだ。

「働き口が必要ならば、ここで働いたらどうだ⁉　あなたの部屋も用意するから、ここにいたらいい！　そうすればきっと——」

(……なんて優しくて、なんて残酷な言葉)

アスリは振り向き、頭を下げた。

「ありがたいお申し出ですが、ごめんなさい。ギルファム様は近い将来他の女性を娶《めと》られるのでしょう。その幸せな様を、あなたの妻になろうとしてなれなかったわたしに間近で見ていろとおっしゃるのですか？」

「それは……」

これ以上の憐憫は不要。むしろ追い出す人間に情けをかけるのは非道。

その訴えは、正しく彼に伝わったようだ。

「ご理解くださり、ありがとうございます。それでは、これにて失礼させていただきます。ご多忙のことと存じます。ギルファム様、どうぞご自愛くださいませ」

(自分が恥ずかしいわ。『奥様』と使用人たちに呼ばれ、思い上がっていたのね)

廊下を歩きながら、アスリは己の振る舞いを恥じた。見合い段階だったのに、妻同然の顔をして夫そっちのけで屋敷の人々と親しくなるなど。

と同時に、明日の暮らしがどうなるかもわからないことが恐ろしく、立ち止まったら足の震えで動けなくなりそうだった。

どちらにせよ、アスリは二ヶ月もの間マクト家に世話になったわけだ。ここを出ていくにはパトリツィアたちにも礼と別れを伝えなければならない。

応接室から居間へと向かうと、扉の隙間から使用人に指示を出すパトリツィアの声が聞こえてきた。「いよいよ結婚式の準備を」とか「忙しくなるわよ」とか、明るい声が漏れている。しかしそれらは叶わない。全てご破算になってしまったのだ。

そっと入室し、声をかける。

「お義母様……いえ、パトリツィア様」

もうこの方が己の母になることはない。そう思い、呼び名を訂正した。それをきっかけに大きな悲しみが押し寄せてきて、気づけばアスリは泣いていた。

止めることも堪えることもできなかった。父が息を引き取った時よりもずっと強く、耐えがたい衝動だった。

そして、顔面蒼白ではらはらと涙を流すアスリの姿を見て、アスリとギルファムの間に何が起こったか、悟らぬ者はいなかった。

アスリに駆け寄りそっと抱き寄せるパトリツィア。彼女は怒りに震えていた。

「あぁなんてこと‼　あンのばか息子……わたくしの大切なアスリさんを、よくも‼」

「違うん、です、わた、わたしが至ら……なくてっ、ギルファ……まは悪くなくてっ」

口を開けば嗚咽《おえつ》が溢れた。ギルファムが潔白なことを何とかして伝えたいのに、それさえもままならない。

しかもパトリツィアは頑なだ。

「いいえ、悪いのは間違いなくギルファムです！　あなたほどのいい子を——」

「アスリッ‼」

がしかし、そこへ血相を変えたギルファムが飛び込んできた。

アスリは幻かと思ったが、騎士服に身を包んだ長身の青年が目の前に現れたのだから、本物だと信じざるを得ない。

「よかった、まだここにいた……」

「え？　……あ、あの？」

己を見たギルファムはなぜかホッとしているようだが、アスリには意味がわからない。

「すまない。俺が間違っていた。決断の責任をあなたに押しつけるばかりか、自己保身から予防線を張りあなたを傷つけてしまった」

（言葉がきつかった、という謝罪？　そこは別に気にしていないのに……）

唐突な謝罪に、脈絡のない弁解。何が言いたいのだろうか。

アスリはわけもわからないまま、ギルファムの言葉に耳を傾ける。

「俺たちは会って言葉を交わしたばかりだ。いや、交わした言葉も数少ない。それなのに、拙速な判断を下してしまった。だから、もしあなたさえよければ……断るのなら断ってくれてもいいから……いや、違う、だから、俺を……俺は、もう少しあなたのことを知ってみたいと思ったという意味で！」

ギルファムはつっかえながら、必死に何かを伝えようとしていた。

だがイマイチ要領を得ず、パトリツィアを窺ってもやはり眉間に皺を寄せ難解だという表情をしている。

アスリの首も少しずつ斜めに傾いていく……。

（もしかして、わたしは同情されているのかしら？　そんな気遣いいらないのに。この優しさは、今のわたしには毒よ）

「ギルファム様はとてもお優しい方なんですね。でも、同情などしないでください。余計惨めになりますから」

惨め、という単語を口に出したら、ブワッと涙が湧き始めた。頬を拭っても涙は止まらない。仕方がないので笑って誤魔化す。

「あの、ごめんなさ……ほんと、に、わたしの……とは、忘れてくださ」

「違う……違うんだ、アスリ殿っ！」

「……うえ？」

突然手を握られた。

ギルファムの大きな手は想像以上に汗ばんでいた。

「忘れられるものなら引き留めたりしない！　……同情ではない。たぶん。もっとこう、深いところから生まれた、焦りというか喪失感というか……？　ここであなたと別れたら、もう二度と会えない。そう思ったら、いてもたってもいられなくなった」

「はあ。……？」

「つまり、だから、俺が言いたいのは……──」

彼自身、言うべきことがまとまっていないのか、あるいは何かを躊躇《ちゅうちょ》しているのか。

苦悩の表情のギルファムが邪念でも振り払うかのごとく頭を左右に振ると、アスリの前に片膝をついた。

「もういい、要するにこういうことだ。アスリ・サデラウラ殿、あなたと結婚したい！」

「………？」

よくわからないが、結局アスリはギルファムと結婚することになった。

2章　未知の感情にカタブツは戸惑う

1

ギルファムが帰還したからか、アスリとの結婚に同意したからか、はたまた両方か。いつもより豪華な夕食を家族全員で囲みながら、パトリツィアが饒舌《じょうぜつ》に喋《しゃべ》る。

「よかった、本当によかったわ。さすがメルテム様ね、彼女が取り持った男女は必ず幸せになるというジンクスがあるのも頷けるわ！」

いくら見合いを勧めても釣り書きすら見ようとしなかった息子ギルファムが、二十八歳にしてようやく結婚に同意したのだ。ずっと気を揉んでいたパトリツィアが上機嫌にならないわけがないのである。

しかもその結婚相手が己も認めたアスリだったのだから、有頂天になって当然。

外国人で結婚適齢期をやや過ぎているものの、従順で奥ゆかしく、パトリツィアに口答えしないどころか使用人の忠告にも耳を傾ける勉強家。とどめとばかりに血筋もよく、さらにメルテム・シュリーハルシャの紹介だというのだから、マクト家の嫁としてこれ以上ない人選だった。

「ギルファムも、意地を張らず受け入れればよかったものを。無駄にアスリさんを泣かせたこと、一生覚えておきなさい。これは彼女に対する借りよ。一生かけて返すのよ!?」

キッと息子を睨みつけると、当の息子ギルファムはバツが悪そうに肉を一口頬張った。

「……肝に銘じておきます」

目と目の間の鼻筋を摘むなどしながら、反論もせずパトリツィアの忠告に静かに耳を傾けている。彼も己の右往左往した振る舞いを多少は悔いているようだ。

次に彼女が狙いを定めたのは、アスリだ。

「アスリさん、ここであなたには残念なお知らせですけれど、ギルファムは仕事ばかりで女性の気持ちを理解することができません。ですが、もう今日みたいに泣いてはだめですよ？　あなたはマクト家の女主人になるのですから、何があろうと揺らぐことなく、ドンと構えていらっしゃい！」

「はい、お義母様」

息子に対する諦めはひどいが、そのぶんアスリに期待をかけていることは伝わった。

ところがギルファムはこのこき下ろしっぷりに納得がいかなかったようだ。

「母上、それは少し言いすぎでは？」

女性の気持ちを理解することができません、と断定されてしまったことに、彼は眉を寄せ抗議した。

けれどパトリツィアはすまし顔で胸を張る。

「本当のことです。仮にアスリさんの気持ちが少しでもわかるなら、一度振って反応を見るなどしないはずですけどね」

「違います、試したのではありません。あれは……」

「あれは？　あの茶番は何だったというのです？」

「………いいえ、何でもありません」

口を閉ざしたギルファムと、思い出したように再び彼にネチネチと小言をぶつけるパトリツィア。

そんな二人のやり取りを眺めながら、アスリはぼんやりと考える。

（この人がわたしの夫となるのね。ギルファム様……）

性格も父親のディーデリヒ似なのか、ギルファムは寡黙だ。あるいは、口がよく回るパトリツィアには勝てないと思っているだけか……。

夕食後、先に席を立ったのはパトリツィアとディーデリヒだった。

「それではわたくしたちは部屋へ下がります。ギルファム、くれぐれもアスリさんをよろしく頼みましたからね？」

「ええ、わかっていますよ」

この屋敷はマクト家の別邸であり、王都での職務をこなすため用意された仮住まいのようなもの。ディーデリヒが騎士団長を勤めていた頃は彼とパトリツィアが主寝室を使っていたが、彼らが領地に戻って以降はギルファムが主寝室を使うようになった。

だからディーデリヒたちは、別邸に滞在している時は二階の客間に寝泊まりをしている。

「……アスリ殿、これからどうする？　振り回してしまったことだし、もしも俺に言いたいことがあるのなら、この際全て言ってもらっても構わないのだが」

彼らが食堂から出ていったあと、アスリたちも居間に移りそれなりにくつろいでいた。

そんな中、食後のワインを飲んでいたギルファムがおもむろにアスリに声をかけた。

責めを自ら受け入れようとする姿勢に好感を抱きながら、アスリは微笑み首を振る。

「いいえ、もういいんです。それよりもギルファム様、お疲れでしょう？　結婚するのだから、会話の時間などこれからいくらでも取れましょう。だからまずは、ゆっくり休んでお体の疲れを癒してはいかがですか？」

戦場で、宿舎で、彼がどんな生活を送ってきたのかアスリにはわからない。だが、そこがどんな場所であろうと、己の家というものは何にも勝る憩いの場所のはず。

（せっかくご自分のお屋敷にお戻りになったんだもの、たっぷり休んでいただかなくては）

案の定、アスリの提案にギルファムがそわつき始めた。

「俺はあなたを傷つけてしまったのに……いいのか？」

「もちろんです。ギルファム様は騎士団長をしておられると伺っています。体が資本でしょうから、わたしのことは二の次で、まずはご体調を優先なさってくださいませ」

（二ヶ月も待ったんですもの、あと数日くらい大したことじゃないわ）

「そうか。……申し訳ないが、今日ばかりは甘えさせてもらう」

ギルファムの表情が緩んだのを見て、アスリも己の判断は正しかったと嬉しくなった。とはいっても、婚約者よりも先に寝室へ引っ込むのは失礼にあたる。居間で待ちつつ順番に湯浴みをして、二人の就寝準備が整ったところでようやくソファから立ち上がった。

「おやすみなさい、ギルファム様」

「おやすみ、アスリ殿」

アスリが使っていた部屋は、居間を出てすぐ左手の部屋だ。そこへ向かい部屋に入ろうとしたのだが、ここで不思議なことが起こった。なぜかギルファムもアスリの後を追うようについてきたのである。

当初アスリは彼が見送りをしてくれたのかと思ったが、彼はどこかへ去る様子もなく、扉の前で困惑したまま立ち尽くしているではないか。そこでようやくピンとくる。

「あの……もしかしてギルファム様……こちらのお部屋でお休みになるのですか？」

「そうだが？　ここは俺の寝室だからな。あなたこそ、どうしてここに入ろうとする？」

俺の寝室。つまり、ギルファムの寝室。

「マクト家に来てからずっと、わたしもこの部屋を寝室にしていて……勝手にじゃありません、お義母様にここを使うように言われてっ！」

「そ、そうか」

タイミングよく、メイド長が通りかかった。渡りに船とばかりにアスリは飛びついた。

「イメルラ！　この部屋はギルファム様の寝室なの？　わたし今日まで知らなくて……だからわたし、今日からどこで寝泊まりすれば——」

「はい、お二人は近い将来ご結婚なさるのだからと、大奥様のご指示で坊っちゃまの寝室を奥様にもご案内させていただきました。さ、お二人とも早くお休みになってくださいませ。でないとわたくしも下がれません」

アスリはてっきりギルファムに部屋を明け渡すように命ぜられるものと思っていた。しかしその思惑は外れた。そのうえ早くと急《せ》かされて、勢いで入室してしまった。

入ってから、二人して顔を見合わせた。お互いの顔に『どうしよう』と書いてある。

（今日からいきなり初対面の殿方と同じベッドで眠るの？　そりゃいずれ結婚するけれど、できれば然るべき段階を経て、ゆっくり……。ううん、でも……仕方ないか）

困惑の果てに、アスリは苦笑いで告げる。

「ま、まあ、ベッドは広いですし、いずれは夫婦になるわけですし。恥ずかしがっている場合でもないのかもしれませんね。……ギルファム様がお嫌でなければ、ですけど」

「嫌なものか‼」

光の速さで否定された。

あまりの勢いに呆気に取られていたところ、それに気づいたギルファムが咳払いをして言い直す。

「……い、嫌ではない。問題ない。……夫婦となるのにあえて別室を使う方が変だしな！」

「そうですよね、それじゃ休んでしまいましょうか！　ギルファム様もお疲れでしょうし」

同意して、ベッドへと向かった。

もともと明かりは薄暗く、光源はベッドサイドに置いてあるランプくらいなものだった。

（もし成り行きでそういう流れになったとしても、どうせわたしたちは結婚するんだし）

ストールを椅子にかけ、先にアスリがベッドに寝そべる。

続いてギルファムがベッドに乗り、アスリの隣に横になった。

これから初めて殿方と同じベッドで眠ることになる。しかしアスリはユセヌ公国を発つ時には結婚の諸々を覚悟していたので、緊張するにはしていたが比較的落ち着いていた。

（ギルファム様がどう心変わりなさったのかはわからない。でも、彼がわたしでいいと言ってくれたんだもの、それで十分よ。……たくさん尽くそう。わたしと結婚してよかった

と思ってもらえるくらい、彼が、この家が、ますますの発展を遂げられるように）

「――そうだギルファム様、わたし実はマッサージが得意なんです。誰かに施術するのは久しぶりですが、して差し上げてもいいですか？」

「……マッサージ？」

ユセヌ公国では本草学が発達しており、それと合わせて臨床医学に基づいたマッサージや芳香療法も積極的に取り入れられていた。

アスリも両親の介護をするにあたり、一通り学んでいたのだ。

「ええ。疲れがほぐれてグッスリ眠れるように」

ワゴンからタオルを持ってくると、ギルファムにうつ伏せになるように告げた。彼の広い背中にタオルを広げ、アスリはその横に座った。

「まずは肩からいきますね。優しくしますけど、痛かったら言ってください」

手を伸ばし、ギルファムの鎖骨に四本指を引っ掛けた。肩甲骨の上角を見つけると、その内側に親指を押し当てる。ぎゅう……とゆっくり圧をかけ、肩甲拳筋をほぐしていく。

「かなり凝っているみたいですね。力加減はいかがですか？」

「……ああ。……気持ち、いい。…………かなりいい」

唸《うな》るような声を聞いて、アスリはひとまず安堵する。

「ここの筋肉は、内臓の不調だけでなくストレスでも硬くなってしまうんです。こうしてほぐしておくと、翌日の感じ方がかなり違ってくるんですよ」

「そうか……」

数回同じ動作を繰り返したあと、肩甲骨と背骨の間に手根を当てた。小刻みにゆすって振動を与えながら、背骨周りを重点的にさする。

「うぅ……いい、……アスリ……どの」

（どこを押しても気持ちいいみたい。健康体に見えて相当ボロボロだったのね。でも、これくらいならわたしがどうとでもできる。これはやり甲斐があるわ）

無防備な声が漏れるたび、アスリの胸は高鳴った。かつて会得した技能を夫のために役立てられることが嬉しかった。そして、これから先も彼にこうして癒しを与えられるかと思うと、ワクワクして仕方がない。

クスッと笑い、ギルファムに告げる。

「アスリ、と呼んでください。敬称が付くと他人行儀な感じがするので」

「わかった。…………アスリ、そこ。もう少し右……そう、そこが……――」

その後、マッサージ開始から五分と経たず、ギルファムは寝落ちしてしまった。

アスリはさらに三十分かけて彼の全身を揉みほぐし、すやすやと気持ちよさそうな寝息を立てる彼の隣に横になった。

（ふう、いい仕事ができたわ。明日からも頑張ろう。明日からはもっと頑張ろう！）

目を瞑《つぶ》ったら、アスリもあっという間にまどろみに沈み込んでいった。

2

ギルファムはマクト侯爵家の当主であるとともに、ウォルテガ帝国に三つ存在する騎士団のうちの一つ、帝国第一騎士団を任されている騎士団長である。

本来ならば年齢的には副団長か騎士団内の部隊長が相応なところではあるが、彼の父デイーデリヒが第一騎士団の団長を引退する際に、後継として大抜擢されたのだ。

名家の出ではあるものの、団長任命当時、彼はわずか二十三歳。

史上最年少で騎士団長になったこともあり、当然彼をよく思わない者も多数いた。

だからギルファムは人一倍努力した。

地位に驕らず日々研鑽に努め、揉め事には率先して動き――それから五年の間に彼は団員の信頼を勝ち取った。団長としても優れた才能を発揮し、二十八歳となった今では『ウォルテガの英雄』と呼ばれるまでになっていた。

彼の生まれ持った美貌は健在で、そこに騎士としての逞《たくま》しさが加わり、外見でも功績でも、ギルファムに敵う者はいない。

近寄りがたい存在に思われることも多々あれど、その一方で彼に憧れ入団を希望する者も後を絶たなかった。

そんな彼なので、持ちかけられる縁談の数もおびただしく、まさにうんざりするほど。しかもトロフィーのようにギルファムを所有したがる者や、マクト家の財産を狙う者が大半だったので、余計にギルファムは結婚に消極的になっていった。

母パトリツィアから再三に渡り結婚をせっつかれていたが、のらりくらりと躱していたのはそういう理由からだ。

しかし年を重ねるにしたがって母の口から結婚の話題が頻繁に出るようになり、ついに隣国との小競り合いで出征する直前というクソ忙しい時にも呑気《のんき》にせっつかれたものだから、さすがのギルファムもキレた。

『そんなに結婚せよとおっしゃるのなら、母上の望み通り結婚します。ただし、俺の理想通りの女性が見つかった場合に限ります。いいですか、その理想というのは、我儘《わがまま》を言わず穏やかで真面目で、俺が構ってやれなくても不満を言わず、しかし俺を愛し他の男には目もくれず、俺とマクト家に尽くし、母上や父上ともうまく折り合いをつけ、何より俺を心身ともに癒してくれる巨乳の女性です。長身は嫌です、守りたくなるような巨乳で小柄のかわいらしい女性がいい。いいですか母上、これら全て満たす女性を俺が戦地から戻る前に見つけて連れてきてくださったら、その時こそ俺も腹を決めましょう！』

どれだけ自分本位なんだ、と各所からブーイングが飛んできそうな条件を、ギルファムはパトリツィアに突きつけた。

ついでに、『もしも見つからなかった場合は、今後一切俺の結婚に口出しをしないでください。それでも何か言おうものなら、この家は俺の代で終わりだと思ってください』とまで啖呵《たんか》を切って。

本気だった。

己の容姿、地位、家名などに群がる者と形だけの結婚をしたところで、己が満たされるわけがない。好きでもない配偶者の機嫌を取ることも、そんな相手の我儘を聞かねばならないことも、どんな苦行かと寒気がした。

だから絶対に叶えられない条件を伝え、パトリツィアを牽制したのだ。

当然ながら、伝えた条件を満たす女性が理想ということに偽りはない。妥協も忌憚《きたん》も一切ない、ギルファムの考えた最強の理想の女性像だった。

その後、戦地にパトリツィアから手紙が届いていることは知っていた。そこに女性が見つかった旨が記されていることも知っていた。

が、まさか己が出した条件全てをクリアする女性が見つかるとは夢にも思っていなかったので、話半分でろくに読まずに捨てていた。

したがって、ギルファムがアスリを初めて見た時の衝撃といったら。

世にも珍しいピンクブロンドの髪に、垂れた眉、垂れた目。鼻も口も慎ましやかで、奏でられる声はまるで小鳥の囀《さえず》りのよう。

衝動に任せて抱きしめたら容易く折れてしまいそうな体は華奢だが肉感に満ち溢れ、ドレスの胸元から覗く谷間はその下に隠された二つの果実の実り具合を否が応にも想起させた。

守りたくなるような巨乳で小柄のかわいらしい女性――という条件を、こんなにも完璧に満たす女性がこの世に存在していたなんて、とギルファムは胸を撃ち抜かれた。

ただ、ギルファムにも理性はあった。その理性が、『外見は理想通りだとしても、中身はそうとは限らないぞ』と彼に警告を発していた。

だから『外見も内面も理想通りの人物が存在するはずがない』と思い直し、アスリに冷ややかな態度を取った。そうすることでアスリの化けの皮も剝《は》がれ、『振って正解だった』と己を納得させられると信じていた。

ところがここでまたしても、ギルファムは失態を犯す。要するに、アスリの内面も彼の理想通りだったのだ。

どれだけ邪険に扱ってもアスリが逆上することはなく、それどころかギルファムの立場を理解しようとしてくれた。それがただのポーズだったとしても、ポーズすら見せない令嬢ばかり相手にしてきたギルファムにはとても鮮烈に映った。

細かい事情は知らないが、アスリには家族も領地も金もなく、働き口を必要としていた。

にもかかわらず、領地も金もあるギルファムに執着しようとするわけでもない。

次第に、ギルファムの中でアスリへの興味と彼女を受け入れたい気持ちが膨らみ始めた。

こんな経験は初めてだった。

そのせいで己の感情を持て余し、最低な提案をしてしまう。

『働き口が必要ならば、ここで働いたらどうだ⁉』――。

口に出した瞬間ギルファムは我に返ったが、遅かった。

アスリは表情を強張らせ、みるみるうちに泣きそうになった。

傷つけてしまった、己の醜い打算を見抜かれてしまった……と途方もない後悔に襲われると同時に、ギルファムは感じた。

この子は嘘をつかない子だ。誠実な子だ。――と。

この時にはすでに、ギルファムは彼女を手放してしまうことをもったいないと感じるようになっていた。だというのにマクト家当主としての責任が、『ええい、ままよ！』と勢いに任せることをよしとしない。

彼女が応接室を出ていってから、ギルファムは今までに経験したことのない猛烈な後悔に襲われた。動悸がして、目眩がして、冷や汗が全身から噴き出した。あの娘《こ》を逃してはならないと本能が叫んでいた。

こうなっては、理性などあってないようなもの。立ち上がり、駆け、アスリを追った。

この期《ご》に及んでもいまだ自分をよく見せようとしたがそれでは何も伝わらないと悟り、誰がいようがなりふり構わず床に片膝をつき、アスリに必死で求婚した。

（それから俺は……どうしたんだったか？　夕食をともに取り、入浴し、それから俺の寝室で、ベッドで……――）

ギルファムが目を開けると、すでに部屋の中には朝日が差し込んでいた。

昨夜はアスリの提案でマッサージを受けた。しかしそのほとんどが記憶にない。

夜中にはいつも数度目が覚めていたはずだが、この日に限っては今の今まで一度も覚醒しなかった。そもそも、いつ眠ったのかさえ覚えていないのだが。

（マッサージがとても気持ちよかったことは朧《おぼろ》げに覚えている。アスリも『グッスリ眠れるマッサージを』と言っていたが……その影響か？）

何気なく隣を見た。

当然だが、アスリが眠っていた。目を閉じ、ギルファムのほうに体を向け、規則正しい寝息を立てている。

「………」

起こそうかと思ったが、やめた。この際だからと彼女を観察することにした。

まずギルファムの目に入ったのは、アスリのデコルテ部分である。

スリップドレス型の寝間着は胸元の切れ込みが深いデザインだったので、胸の谷間がよく見えた。

丸い乳房は重力により潰れ、楕円形となり重なり合っている。そのなだらかな曲線と、張りの頂点にある突起。生地が薄いせいで、乳首の位置も手に取るようにわかった。

（……いやいや、そこにばかり注目していては失礼だな）

我に返ったギルファムは、他の部位に目をやった。

肉厚な胸とは対照的に、首と肩と腰は細い。手も小さく、このサイズの手に背中を撫《な》でられるだけであんなに気持ちよくなることが、にわかには信じがたいしこの胸の豊かさも信じがたい。己の理想とする丸みである。

（いかん、胸のことは一旦置いておこう）

ピンクブロンドの髪と同じ色の眉毛、まつ毛。まつ毛はくるんと軽やかにカールしており、胸の丸みには迫力がある。小ぶりな唇は血色がよく柔らかそうだが、胸も大変柔らかそうだ。

（……だめだ、意識が胸に吸い寄せられていく‼）

アスリの乳房はとんでもない誘引力を誇っていた。ギルファムがそこ以外を観察しようと試みても、気づけば乳房にばかり目が行き、乳房のことばかり考えているのである。

（なんだこの胸は⁉　『わたしを食べて』と俺に囁いているのか？　目が離せない、触りたい、口づけしたい、かぶりつきたい……っ！）

ギルファムは荒くなる息を隠そうと、口を押さえ苦悶に顔を歪めた。しかし視線は乳房から離れられないままで、目を瞑っても次の瞬間には薄目で乳房を凝視してしまう。いよいよこれではいけないと思い、いっそ肌掛けで覆い隠すことにした。

太もものあたりでぐちゃぐちゃになっているそれを摑み、アスリの肩のあたりまで引っ張る。彼女を起こさないよう、そっと。

「——っ⁉」

ところが、わずかな衣擦れの音でアスリは飛び起きてしまった。

「あ………あれ、ええと……ギルファム様？」

「起こしたか、すまない。肌掛けをかけようとしたんだ。……寒そうに見えて」

少しだけ嘘も交えつつ、ギルファムは慌てて言い訳をした。

が、ギルファムだけでなくなぜか彼女も狼狽《うろた》えている。

上半身を起こしたアスリが、震える唇からため息を吐き出す。ゆっくり瞬きをして俯《うつむ》くが、やけに表情が暗い。何かを悔いているのか、単なる憂えか、恐怖か、嫌悪か……。

（俺の行動がまずかったのだろうか？　それとも怖い夢でも見た？）

息を殺して観察していると、アスリがギルファムの視線に気づいた。寂しそうに微笑んで、すみません、と謝罪する。

「父がベッドから落ちたのかと思って……」

父親がベッドから落ちる。というのがどういう状況かわからないギルファムのために、アスリが解説をしてくれた。

つまり、彼女は長い間父親の介護をしていた。夜中の急変に対応するため同じ部屋で眠っていたから、父親の出すかすかな物音で起きる癖がついていた。

マクト家ではずっと一人部屋だったから、ここしばらくは物音に起こされることはなかった。しかし久しぶりに誰かのそばで眠り、また、久しぶりに父にしたのと同じようにマッサージをしたことで、思い出してしまったのだろう。――ということだった。

話を聞いている途中から、ギルファムは己の胸を押さえ唇を噛みしめる必要があった。

(貴族の娘でありながら、アスリは親の介護をしていたのか？　苦労人で家族思い……これは困ったことになった。アスリが健気ないい子すぎる……かわいい‼)

己の立場、財産、領民。それら全てを守るという責務を果たすため、ギルファムは常に冷静でいる必要があった。

しかしアスリの存在は、ギルファムから冷静さを奪う。それはもう強奪の域で、気づいたら身ぐるみ剥がされているかのごとく。

新たな感情の萌芽。それが吉と出るか凶と出るか、今の彼にはわからない。だから『困ったことになった』なのである。

「……ギルファム様？　どこか痛むのですか？」

何かあったのかと心配したアスリが、ずいっとギルファムに顔を寄せた。

彼女は無意識なのだろうが、その拍子に乳房も腕に寄せられて、強調された胸の谷間がギルファムの視界にドンッと入った。

息をするくらい当たり前に胸元に視線が釘付けになるが、この愚かで滑稽《こっけい》な性《さが》をアスリに知られてしまったら、きっと嫌われるに違いない。

ギルファムは焦り、その魅惑の胸元から目を逸らした。とても困難なミッションだったが、成功した。

「ん？　あぁいや、別にどこも――」

するとタイミングよく扉がノックされた。朝の支度のためにメイドがやってきたのだ。

彼女に連れられアスリが退室したあと、ギルファムも気を取り直し、着替えをせねばと立ち上がる。そこでようやく異変に気づく。

（体が……軽い？　なんだこれは？　肩も腕も、腰も……？）

慢性的な疲労により、ギルファムの体は悲鳴を上げていた。常にどこかに痛みがあり、満足に全身を動かすにはまずは入念なストレッチが必要だった。

だというのに、今日は違う。

腕を上げるのも首を回すのも、ストレッチなしで楽々とできた。痛くないどころか、軽やか。こんなに爽やかな寝起きは、一体いつぶりのことか。

（もしや、アスリのおかげか？　彼女のマッサージのおかげで、体が楽になった？）

信じられないが、思い当たる節はそれだけだった。


諸々を済ませ食堂に向かうと、デイドレスに着替え髪を整えたアスリが先に座っていた。

彼女の前には朝食が並んでいたが、まだどれも手つかずのまま。ギルファムがやってくるのを待っていたようだ。

「先ほどは失礼しました。改めましておはようございます、ギルファム様」

寝間着とは異なり、デイドレスは肌の露出が少ない。襟ぐりから鎖骨が覗いていたが、ギルファムを虜にする胸の谷間は隠れている。

少しだけ残念に思いながら、アスリに挨拶を返す。

「おはよう、アスリ」

ギルファムも席につき、ようやく朝食の時間となった。

フォークを持ってスクランブルエッグを掬《すく》い、口に運ぶ。咀嚼して飲み込むと、次はサラダ。いつも通り食事しながら、時折アスリの様子を盗み見た。

ギルファムの一口に比べると、アスリの一口はとても少ない。小さな口にわずかな量の食べ物をせっせと運んでいる様はまるで小動物が餌を啄《ついば》んでいるようにも見え、かわいい仕草に気持ちが和んだ。

が、眺めているばかりでは気味悪がられてしまう。何でもないフリをしながらギルファムも手を動かした。

「ギルファム様、お体の調子はいかがですか？　昨夜は本当にお疲れでしたね。全身凝り凝りでしたし、すぐお眠りになられたし」

「昨夜のあれは何だ？　マッサージと言っていたが……魔法か？」

この世界に魔法があるわけがないのに、ギルファムは尋ねずにはいられなかった。

真剣に突拍子もない単語を繰り出すものだから、アスリはフフッと噴き出した。

「お伝えした通りの、マッサージですよ。凝っていたところをほぐしただけです。魔法とお疑いになるくらい気持ちよかったなら、光栄です。また今夜もいたしましょうか？」

「いや、そんな毎晩は……」

毅然とした態度で、ギルファムは彼女の申し出をキッパリ断《ことわ》……ろうとしたが、できなかった。

視線を泳がせ、『結構だ』と断りかけてはやめて、気を取り直し決意とともにアスリを見る。しかし結局決意が揺らぎ、再び視線を泳がせる。

そうやって十秒かそこら悩み抜いた末、やっと答えが見つかった。

「……頼む」

「承知しました。喜んで！」

マッサージの気持ちよさ、起床時の爽快感。それにギルファムは負けた。アスリが笑顔で引き受けてくれたことが、彼にとって唯一の救いだった。

3

「それでは王城に顔を出してくる。戻りは夕方の予定だ」

朝食を終えるとギルファムは、椅子から立ち上がり早々に告げた。

アスリは手を止め聞き返す。

「執事のエッカルトさんから今日は休息日だと伺っていたのですが、お仕事ですか？」

（戦地から帰還したばかりなのに、休みもなく働くのは辛いんじゃないかしら）

アスリはそう思ったが、ギルファムの表情で疑問を呈するのは無駄だとすぐに悟った。

「こう見えて責任ある立場なので。帝国三騎士団のうち、団長の中で俺が最も若い。そんな俺が、休みだからと他の者と同じように寝ているわけにはいかない」

「そうでしたか。お仕事に誇りを持っておられるのですね」

ギルファムの気持ちを聞き、アスリは笑顔で見送ろうと決めた。疲労は溜まっているだろうが、またマッサージで癒してあげればいいのだ。

執事からジャケットとマントを受け取り、玄関に向かおうと背を向けたギルファム。しかし途中で振り返り、ためらいがちにアスリに告げる。

「……心配には及ばない。あなたのマッサージのおかげで、一晩どころか三晩続けて休んだように体が軽いんだ。……ありがとう」

何も言われなかったとしても、アスリは今夜も夫に施術していただろう。しかし効果があり感謝もされたとあれば、俄然やる気も出るというもの。

頬をほのかに染めながら、アスリははにかみ首を振る。

「こちらこそ、もったいないお言葉です。励みにさせていただきます」

ギルファムとは昨日初めて顔を合わせたばかりだ。けれど感謝の気持ちを言葉に出して伝えてくれるところには好感を抱くし、仕事に向かう姿勢、責任感の強さもいい。

（この人のこと、きっとわたしは好きになるわ。もっと仲良くなりたい。早く夫婦らしくなりたいな……）


夕方、仕事を終えたギルファムが問題なく帰邸した。穏やかに夕食をとり体を清めて寝支度をする。

ギルファムがベッドに上がったのを確認し、アスリも後を追うようにして彼の隣にちょこんと座った。

さあ今日も、と腕まくりをしかけたところで、ギルファムが「いや」と左手を掲げた。

「ありがたいが、マッサージは結構だ。今日は体を使っていないので、昨日ほど疲れてはいないんだ」

「じゃあ、書類仕事だったのですか？」

「そうだな。報告書や打ち合わせ用の書類の手配などが大半だった。団長としての通常業務も滞っていたから、放置されていた稟議書に目を通したり……疲れるには疲れたが」

そう言いながら、ギルファムはこめかみのあたりを指でギュギュッと押し揉んでいる。

「そういうことなら、今日は首から上の凝りをほぐすマッサージをしてみましょうか」

「……色々なやり方があるのか？」

アスリは答える。

「はい。不調の種類や部位に応じた様々なマッサージがありますから。気になるところがあったら、ぜひ教えてください。楽になるお手伝いができると思います」

そう言ってギルファムをうつ伏せに寝かせ、その脇に座り直した。早速、僧帽筋の最も盛り上がっている場所に狙いをつけ、親指を当てて筋肉を摘むように圧をかけていった。

すぐに硬結――コリ――を見つけたので、そこを重点的に押す。

「すごく……いいな、これ……」

うぅだのあぁだの、ギルファムがたまらず声を漏らしている。

気持ちよさそうな声を聞くと、アスリまで気持ちよくなる気がしてしまうから不思議だ。

「僧帽筋上部の痛みは体のいろんなところに放散されてしまうんです。だから逆にここをほぐすと、他部位の症状も緩和するんですよ。ギルファム様の頭痛も治まるといいんですけど」

「……頭痛？」

「はい。さっきこめかみを指圧していらしたでしょう？　昨日は目と目の間の鼻筋を摘んでいたのもお見かけしました。だから、慢性的な頭痛に悩まされているのかなと思って」

違いましたか？　と尋ねると、「違わない」と返ってくる。ギルファムには、アスリが悩みを見抜いたことが信じがたいようだ。

「すごいな、やはり魔法みたいだ。どうしてあなたはこんなことができるんだ？」

手を動かしながら、アスリは答える。

「父親の苦痛を少しでも取り除いてあげたいと思って……。ユセヌは香りやマッサージなどを用いた独自の医学が発達しているので、介護の傍らずっと勉強をしていたんです」

母親は認知症だったものの、自力で歩くことができた。だから事故に遭ってしまったとも言えるが……一方で父親は病を得て以降、ずっと寝たきり生活を送っていた。

毎日あちこちが痛いと訴えるのが不憫でならず、その痛みを取ることができればとアスリは本に学び、父親の介護に役立てていたのだ。

誰かに施術するのは久々のことだったが、身に染み付いた知識や経験はそう簡単に失われるものではないらしい。

「あなたの献身に、きっとご両親も天国で感謝していることだろう」

　ドキッとした。ときめきではない。苦しみが強く、全身が強張る。

（そんなことない、きっと父も母も怒っているわ。だからわたしは罪滅ぼしのため、ギルファム様に――）

「……さ、次は仰向《あおむ》けになってください」

　誤魔化すように体勢変更を促し、ギルファムが「こうか？」と上を向く。

　アスリは彼の枕元に近寄り、頭の下に手を入れた。

「力を抜いてくださいね。ぼんのくぼの上のあたりには後頭下筋群や神経があるので、ここをほぐすのも頭痛に効果的なんですよ。深いリラックス効果もありますし、父もここを揉んであげるとそのまま寝てしまっ……――」

　ハッとして、アスリは口を噤《つぐ》んだ。

　ほんのついさっきまで起きていたギルファムが、いつの間にか静かな寝息を立てていたからだ。

（早すぎでは？　……よっぽどお疲れなのね）

　寝てしまっているからといって、中途半端なことはしない。肩、首、顔、頭……頭痛や肩こりの原因となる部分を時間をかけて揉んだあと、音を立てないよう彼の隣に横になる。

「ギルファム様、おやすみなさい」

ギルファムの眉間にはうっすらと皺の跡が残っているものの、今は弛緩しているようだ。仕事から離れられないなら、せめて少しでも楽に働けるように。そして、その助けになることを、アスリは己の使命だと感じた。

4

「……っ⁉」

翌朝、衣擦れの音にまたしてもアスリは飛び起きた。

これで二日連続だ。

「すまない、寒いだろうと肌掛けをかけようとしたのだが……おはよう」

目の前にはギルファム。彼の言葉通り、その手には肌掛けがあった。

「ギルファム様……おはようございます……」

一人で眠っていた時は、こんなふうに飛び起きることはなかった。だから、誰かの気配があるとつい父親がいた頃のことを体が思い出すのだろう。

看病していた頃はアスリも必死だった。毎日必ずどこかが痛いと言う父のため、薬を飲ませマッサージし、八つ当たりされても我慢して、心身ともにクタクタになりながら一日一日を過ごしていた。

その日々は終わりを告げ、すでに新たな生活が始まっているというのに、そこはかとない後悔と自己嫌悪とともに過去を思い出してしまう。

よくよく見れば、ギルファムはすでに寝間着ではなかった。白いシャツに、黒いタイ。

「……そのお召し物ということは、もしかして今日もお城へ？」

彼の装いは騎士服の一部だ。特段の飾りもついていないので昨日は気づけなかったが、この上に黒いジャケットとマントを羽織れば、騎士団長の出で立ちとなる。

「そうだ。本来なら今日も休暇の予定だったが、仕事が溜まりに溜まっていたせいで昨日だけでは終わらせることができなかったんだ」

「そうですか、承知しました。すみません、寝坊してしまったみたいですね。わたしもすぐに支度して――」

「いや、寝坊ではない。俺が早く起きただけだ。あなたはまだ寝ていなさい」

ギルファムはそう言ってくれたが、ベッドの中で見送るだなんて妻として情けなさすぎる。アスリも急いでベッドから下り、身支度を整え食堂へ向かった。

そうして二人食べ終わり、玄関でギルファムを見送ろうとしたところ、二階から般若《はんにゃ》の形相のパトリツィアが駆け下りてきた。

「ギルファム‼　おまえっ、また今日も仕事に行くつもり⁉」

尋ねるまでもなく、彼女がご立腹なのは誰の目にもよくわかった。

「ええ、そうですが？　団長職は責任だけでなく仕事量も多いのですよ」

しかしギルファムはパトリツィアの剣幕に眉一つ動かさず、冷静に穏やかに反論した。

「だからなんだというのです！　あれだけアスリさんを大切にするように伝えたのに、おまえは何たる愚かな真似を！　せっかくおまえの出した無理難題な条件を全て満たす女性を見つけたというのに、このままでは捨てられてしまいますよ‼」

お義母様ったら、大袈裟《おおげさ》な……と仲裁に入ろうとしたアスリだったが、ある単語が頭に残った。

「無理難題な条件？」

パトリツィアは吊り上げていた眉を垂らし、ウフッと微笑む。

「それはね、結婚相手を探すにあたりギルファムが出した理想の――」

「な、なんでもないっ‼　やめてください、アスリには改めて俺から説明するので‼」

ところが説明に至る前に、ギルファムが騒いでかき消してしまった。アスリを己の背に隠すように、パトリツィアとの間に割って入る。

「母上、どうかご安心を。俺だって全くの休みなしでは働けません。仕事が片付けば休みも取りますから！」

言うが早いか次はアスリに向き合って、肩に手を置き言い含める。

「アスリ、本当に申し訳ないが……わかってくれ。俺に話があるというなら、必ず聞く時間を設けるから！　絶対にだ！」

出会ってまだ二日目といえど、アスリにはギルファムが軽率な嘘をつく男には見えなかった。だから、『必ず』『絶対』などという強い言葉を用いなくてもいいのに……と難儀に思いながらも受け入れる。

「はい、楽しみにしています。でも、まずはお仕事とご自身のお体優先で構いませんから。ギルファム様、どうかご自愛なさってくださいね」

「……わかった。ありがとう」

ギルファムは青い目を丸くしたのち、強張っていた表情を緩ませた。うん、と頷き、アスリに背を向ける。そして今日も王城へと出かけていった。

玄関の扉が閉まり、室内がしん、と静まり返る。

「アスリさん、仕方がないので今日はわたくしが相手をします」

「はい？　相手って……それに、お義父様は……？」

「あの人もいい大人ですから、一人でもそれなりに過ごせるでしょう。それよりもわたくしが心配しているのは、アスリさんのことです！」

「えっ」

ギルファムに対する苛立ちがわずかに残る視線に睨まれ、その気迫に怯《ひる》む。

（わたし、何かやらかしたかしら？　いくらか覚えたとはいえ、まだマナーも不十分なところがあるし……）

「ここに来て数ヶ月、ドレスの一着、宝飾具の一つたりとも新調しなかったでしょう？」

一体何を追求されるのかと身構えたが、身だしなみのことだった。

しかしアスリには責められるほどおかしな格好をした覚えがない。

「十分素敵なお義母様のドレスやネックレスをいただきましたし、デイドレスなら複数買っていただきました。何も不自由は――」

「なりません！　マクト家の女主人になる者が、誰かのお下がりで満足するとは何事ですか！　この際ですから言っておきますが、マクト家では完成品を購入することを『新調』とは言いません。オーダーメイドの注文品でなくては！」

パトリツィアに早口で捲《まく》し立てられては、アスリに反論する余裕はない。おまけにアスリには貧乏暮らしが板についているので、パトリツィアの金持ち理論に目がチカチカした。

「アスリさんが息子を見て縁談を白紙に戻したくなることも考えて、これまではあなたの望むようにお古のドレスや既製品でもよしとしていました。ですが晴れて結婚も決まったことですし、今後はそのような我儘許しませんからね！　マクト家の家名を汚さぬよう、あなたにはそれ相応の品を身につけていただきます‼」

（ギルファム様のほうが縁談取りやめを申し出ることは、考えていなかったのね……）

アスリは苦笑いした。

『古着でいい』『買うにしても既製品でいい』と言うことは、姑の中では我儘になるようだ。

と同時に、自分を大切に考えてくれていることが、彼女の胸を温かくする。

「それではお言葉に甘えさせてください。ですが、どんなドレスが相応しいのか、勉強不足でよくわからなくて……」

「安心なさい、わたくしが選んで差し上げるわよ」

嫁が身につけるものを、姑が選びたがる。争いの火種になりやすい事柄だが、まだウォルテガの服装に目が肥えていないアスリにとっては逆に大助かりだった。

「ありがとうございます。お義母様が選んでくださるなら、安心です」

おもねるでもなく、お世辞でもなく。それがきっと、アスリがパトリツィアに好かれる所以《ゆえん》なのだろう。

「……は？　一日中一緒にいたのか!?　母と!?」

家族四人揃っての夕食の場で、アスリはギルファムにその日あったことを報告した。

ところがその内容は、ギルファムに衝撃を与えた。

食べている場合じゃない、とばかりにナイフとフォークを置き、声を裏返らせて聞き返した。信じられないとでも言いたげに、頭に手を当て動揺している。

「待ってくれ……つまり母があなたのドレスを選んだ、と？　生地から色からデザインから……あなたではなく、母が全て決めたということか⁉」

「アクセサリーもです。無知なわたしに代わりお義母様が見繕ってくださいました」

アスリとしては微笑ましいエピソードとして話したのだが、ギルファムの表情は晴れないどころかどんどん曇っていくばかり。

「俺があなたを放置していたせいだ……すまなかった。母は見たままの性格だから、あなたには不快な思いをさせたかもしれない。いや、させた。絶対に」

「不快だなんて、とんでもない！　お義母様のご好意は本当にありがたかったです。ただ、全部お任せした結果たくさん買っていただいてしまって……もっと遠慮すればよかったと反省しているところです」

ギルファムもアスリも、パトリツィアを見たままの性格だと思っている。がしかし、『見たまま』というのが具体的に何を指すのかは、かなりの相違がありそうだ。

ギルファムの言い振りにパトリツィアも「まっ！」と気分を害しかけたが、アスリのフォローの甲斐あってすぐに上機嫌に戻る。

「いいんですよアスリさん、代金は全てギルファムに払わせますから。ギルファムは休日出勤までしてたっぷり蓄えているんだから、全部貢がせてしまいなさい」

（この親子、仲がいいんだか悪いんだか……でも、こうして言い合える存在がいるのはとてもいいことよね）

二人の応酬を微笑ましく思いながら、アスリは小さく頭を下げる。

「今日一日で一生分のドレスを買っていただきました。本当にありがとうございました」

「まっ！　何を言うんですか。いいですかアスリさん、これからは遠慮することのないように。またことあるごとに買いますから。今日注文したのは今シーズン分だけですよ。またことあるごとに買いますから。あなたにはマクト家の嫁として、恥ずかしくない身だしなみを心がけていただかなくては。全て必要な出費ですからね？　それから……」

ユセヌではずっと金のやりくりに悪戦苦闘していた。倹約生活が身に染みついているアスリにとって、マクト家の金払いのよさには正直目眩を覚えそうになる。

他方で、家名に見合った振る舞いが求められることもわかっている。

（これが大貴族に嫁ぐということね……）

アスリはゴクリと唾を飲み、姑の言葉の続きを待った。

「……マッサージ、またしてくれるかしら？　とても気持ちがよかったわ。普段昼寝なんてしないのに、気づかぬうちに寝入るくらい。心なしか肩も軽くなった気がするの」

パトリツィアがためらいがちに告げたのは、何とも拍子抜けする内容だった。

どんな覚悟を求められるのかと身構えたが、杞憂に終わった。

「な⁉　母上もアスリのマッサージを⁉」

そして真っ先にギルファムが反応した。

子どものように「ずるい！」とでも言って実の母を糾弾しそうになっているギルファムに、慌ててアスリが口を挟む。

「今日は一日付き合っていただいたので、そのお礼に施術させていただきました。わたしにはこれくらいしかできないので」

「母への礼など気にしなくていい。確かにアスリのマッサージはすぐに眠ってしまうくらい気持ちいいことは俺だって知っているが……それではアスリが疲れる一方だ」

「ご心配ありがとうございます、ギルファム様。ですが大したことではありませんし、お義母様やお義父様のご健康にも寄与できるのは、とても光栄なことですし」

「……ということは、父上もマッサージを受けたのか⁉」

ギルファムがディーデリヒを睨んだ。しかし彼は涼しい顔。

「おまえだけアスリさんを独り占めしようったってそうはいきませんよ」

このままでは収拾がつかなくなる。

アスリは危機感を覚え、先回りして笑顔を振りまく。

「お、思った以上に皆様に気に入っていただけてよかったです！　また施術させてくださいね！」

ギルファムが帰還したことで、屋敷が一層賑やかになった。ヒヤヒヤすることもあるが、心が常に温かくいられる。

アスリは安らぎを感じていた。ここに根を張り生きていきたいと、心からそう願うほどに。

5

ギルファムが王都にあるマクト別邸に帰還して、二週間が経った。

彼が仕事人間であることはすでにアスリも承知の上なので、せめて少しでも体が楽になるようにと、就寝前にギルファムの全身を丹念にマッサージする日々を送っていた。

「今日はどこを使いましたか？　痛いところはありますか？」

寝支度を整え、あとは眠るだけの状態。ベッドの上に乗ったあとでいつものようにアスリが尋ねた。

いつもならば肩を腰をと注文が入るのだが、この日のギルファムは首を振った。

「今日は何もしてくれなくていい」

途端にアスリは不安になった。梯子《はしご》を外されたような、周囲が真っ暗になるような。

だが、それは彼女の早とちりだった。

「アスリと会った日からずっと、俺は仕事にかまけてばかり。ろくに会話もできていないのに、なぜこんなに尽くしてくれる？　文句一つ言わず、いつもマッサージだの何だのと俺を気遣ってくれて……なぜだ？」

　どうやらギルファムはアスリが邪魔になったのではなさそうだ。

　しかしアスリは彼の疑問に対する明確な答えを持っていなかった。

「なぜと聞かれましても、わたしがそうしたいからするだけで……。もしかして、ご迷惑でしたか？」

「違う！　そんなわけはない、むしろありがたいばかりだ！　感謝しかないっ！」

　恐る恐る確認すると、それに被せる勢いでギルファムが強く否定した。だがすぐに意気消沈し、背中を丸めてぽつりと呟《つぶや》く。

「……あなたの好意に甘えてばかりだから、不公平すぎて申し訳ないんだ」

（なんだ、そんなこと。本当に真面目で優しい人ね）

　アスリの胸に、温かいものが広がっていく。指先がムズムズして、勝手に口角が上がってしまう。

「不公平なんかじゃありませんよ。ギルファム様はわたしを妻にと望んでくださいました。それ以外に、わたしがあなたに尽くす理由がいりますか？　夫となるあなたや、家族となるお義母様やお義父様には何だってしてして差し上げたいのです」

「……本当に？」

アスリは頷く。

「これがわたしの愛情表現だと思っていただけたら。大切にしたいご縁ですから」

「……そうか」

アスリの説明でギルファムの緊張もいくらか和らいだようだ。眉間の皺が消え、口元にはわずかな笑みが浮かんでいる。

「俺のところにあなたのような人が来てくれて……奇跡みたいだ」

「わたしだって、こんな賑やかな家に嫁げること、夢のように思っています」

奇跡。

その言葉に、アスリの胸が高鳴りだす。自分は受け入れられている。ここにいていい、と言われている。そんな気がして、感情が溢れそうになった。

「初対面の時、あなたが財産目当てだと決めつけるような言動をして、本当にすまなかった。俺が間違っていた」

そう言って、ギルファムが思い詰めた表情とともに謝罪した。きっとアスリを知っていくにしたがって、過去の行いを恥じ入るようになったのだろう。

謝りはするものの許しを乞おうとしないところに、アスリは彼の誠実さを覚える。

「構いません。これだけ格式と財産をお持ちの家門なんですから、警戒するのは当然ですよ。とはいえ今もまだ、わたしにはこの家をどのようにして保っていけばいいのかわかりません。だから今後、更なるご指導ご鞭撻《べんたつ》を賜れましたら幸いです」

ギルファムに応えるように、アスリはベッドの上で正座し、かしこまって頭を下げた。これはユセヌ式の敬意の示し方だが、きっとギルファムにも伝わるはず。そう思ったのだ。するとと視界にあった己の手に、一回り大きなギルファムの手が重なった。

顔を上げると目も合った。

青くキラキラした宝石のような瞳。ランプの炎が揺れるのに合わせて、ギルファムの瞳も潤んで見える。

「俺たちはお互いのことを満足に知らない。だが、だからこそ、あなたのことをもっと知りたいと、俺は切実に思っている」

「わたしも」

衝動的に同意して、ギルファムの手をぎゅっと握った。

彼の体には毎晩の施術で頻繁に触れていたけれど、好意を示そうと触れ合ったのはこれが初めてだった。

そのせいか、指に感じる体温にアスリは無性にドキドキしてしまう。

「この屋敷はとても居心地がいいです。頼もしい使用人に、優しいご両親。それとまっすぐな夫。いつでもどこかに誰かの気配があることが、とても幸せでなりません。そして更に願いを言っても許されるなら……あなたともっと夫婦らしくなりたいと思っています」

ギルファムに対する感情は、尊敬。

マクト家を背負う者、騎士団長という職にある者としての責任感の強さ、厳しさ、誠実さ。そこにアスリは惹かれていた。まだ熱量は物足りないが、出会って二週間だということを加味するなら十分だ。

ギルファムが手を握り返す。お互い少し汗ばんでいることが、気持ちまで共有しているような錯覚を抱かせる。

「アスリ」と名を呼ばれた。

深く、落ち着きがあって、しみじみと心に届く声。

「これからたくさんの時間をともに過ごそう。たくさんのことを分かち合おう。たくさんのことを経験しよう。この家と、俺の隣があなたの日常となるように、俺も努力を怠らない。俺もあなたの夫として、相応しい男になる」

(『俺も』ということは、わたしはあなたの妻として相応しい女だと認められているのかしら？　そうだったら、どんなに幸せなことか――)

胸がいっぱいになって、言葉もなくただ頷いた。

ギルファムの顔が少しずつ近づいてくるが、その速度はとても遅く、まるでアスリの出方を窺っているかのよう。

（近づく顔が美しい。理解しようとする姿勢が嬉しい。厳しいけれど優しくて、真面目で思いやりがあって……彼の全部がわたしに響く）

アスリの心臓の鼓動は駆け足になりつつあった。ドキドキして顔が熱くなり、高揚のあまり目には涙が溜まっていく。

（どうしよう、わたし、なんだか変だわ。キスが嫌なわけじゃない。むしろ……──）

目を瞑ったらほどなくして、唇に柔らかいものが触れた。ギルファムの唇である。

胸の高鳴りはとどまるところを知らず、多幸感のあまり彼を握る手に力が入った。そしてアスリは悟る。

（あぁわたし、ギルファム様のことを好きになり始めているのね。人間として、家族としてだけじゃなくて……一人の男性として）

アスリが義姉メルテムの勧めるがままに結婚することにしたのは、尽くす相手を得るためだった。だから相手に愛してもらえなくても、構わないと考えていた。

しかしギルファムはアスリの奉仕を受けるだけでよしとしない。尽くせば尽くすだけ向き合おうとしてくれる。応えようとしてくれるのだ。

唇が離れるのと同時に、アスリは目を開ける。

すぐそこにはギルファムの端正な顔があった。

まつ毛のかかる青い瞳がとても色っぽく見えて、かああと頬が火照《ほて》りだす。

（わ、わたし……キスしてしまった……。嬉しいけど、こんな……意識し始めてすぐにだなんて、心臓が保たないわ）

起こっていることを受け止めるだけで精一杯のアスリだったが、ギルファムも同じ状態かと聞かれたら、違う。

「……物足りないな。もっと長く、アスリ……――」

えっ？　と思った時にはすでに、アスリの口は二度目のキスに塞がれていた。

「…………ん、む」

驚いて声を発した拍子に、唇の隙間からギルファムの舌がやってきた。

作法がわからず逃げ惑うアスリの舌は厚いギルファムの舌に絡み取られ、すっかり翻弄されてしまう。

アスリにとって、初めてのキス。力の抜き方も、息継ぎの仕方もわからない。

最終的に息も絶え絶えになって、ギルファムの胸にくてっと体を預けることになった。

「ギルファム様……なに、いまの……？」

肩を上下に動かしながら、酸欠で朦朧《もうろう》とするアスリが尋ねた。

ギルファムはクスッと笑い、背中を優しく撫でてくれる。

「すぐに慣れるさ」

そう言う彼の顔が近い。おずおずと見上げると当然のごとくキスが降ってくる。

くすぐったいのに拒もうとは思えず、再び目を閉じて受け入れた。

が、今度は早々に終わった。

ギルファムはアスリを引き離し、苦悶に満ちた表情で頭を左右に振った。どことなく頬も赤い。

「……いや、これ以上はいけない。今は。キスだけで終われなくなりそうだ。俺はあなたとゆっくり関係を深めていきたいんだっ」

アスリも同じ気持ちだった。さっき己の恋心を自覚したばかりだというのに、次の段階に移るのは刺激の強さに耐えられないと思ったのだ。

「ありがとうございます。わたしも同じです、ギルファム様。……続きはまた今度」

「俺のほうこそ、わかってもらえて嬉しいよ」

ホッと短い息を吐いたギルファムは、安堵したかのように笑った。

「ギルファム様、そろそろ寝ましょうか」

そうだな、と返ってきて、ギルファムが先にシーツと肌掛けの間に体を滑り込ませる。

次いで軽く肌掛けを捲《めく》り、そこに入れとアスリに告げた。

「あの……マッサージは？」

「いらない。今夜こそ、あなたと語らいたい。マッサージを受けると気持ちがよすぎて会話がままならなくなってしまうからな」

彼の言う通りだった。

ギルファムはアスリのマッサージを受けると、必ず施術中に寝落ちした。

最終的にはアスリも同じベッドで眠るのだが、彼が起きている状態で横になることは一度もなかった。

ギルファムに促されて彼の隣に横になる。肌掛けの下で指先が軽く触れ合って、温かい指が己の指に絡んできた。

手を繋ぎたかったのかな、とアスリも彼の手を握り返す。

「まず、アスリ、俺にはそんなにかしこまらなくていい。気軽に『ギル』と呼んでくれ。敬語もいらない。親しい者と話すように、俺とも話してくれないか?」

「えっ、いいんですか? えーと、じゃあ、わかったわ。……です」

「敬語はいらないと言っただろう?」

からかうように笑われて、その甘い笑みに赤くなりながらアスリは反論する。

「急になんて変えられません! 徐々に直していきますから、まずはこれで……!」

「そうだな、これから夫婦として過ごすんだ、時間はある。焦ることはないからな」

仕切り直しの咳払いをしてから、ギルファムが優しくアスリに尋ねる。

「俺はアスリのことをほとんど知らない。どんな些細なことでもいいから、俺に教えてくれないか?」

これまでが無頓着すぎた、と謝るその声は、とても穏やかで心がほぐれる。

「年は二十三、ユセヌ公国では貴族の身分ではありましたが、領地は狭く十四の時に母が認知症にかかってしまったので……」

――アスリ・サデラウラ。その家も元は名家だったが現在は力を失い、平民のほうがよっぽどいい暮らしを送っているくらいにまで落ちぶれた。

十四で母親が認知症になり、同時期に父親も病に倒れ、たった一人のメイドとともに介護や家事に明け暮れる日々。だから二十三の今の今まで、アスリは結婚とは縁のない生活を送ってきた。

二年前に母親が他界し、半年前に父親も他界。

それを機に、世話になったメイドに渡す退職金のため領地を売り払い、働きに出ることを決める。

ところが偶然義姉に出会い、トントン拍子にマクト家に嫁ぐことになった――。

「お父上の介護だの領地を売っただの……以前耳にした断片的な内容から、あなたは普通の貴族令嬢がしなくていい苦労をしているとは思っていたが……」

ギルファムにはかける言葉が見当たらないようだ。まるで自分のことのように、とても悲痛な表情をしている。

アスリもまた、こんな話をしてしまったことを悔いた。もっと省いて明るく告げたほうが、ギルファムにそんな辛い顔をさせずに済んだに違いない、と。

しかし告げてしまったものはもうどうしようもない。せめてこれ以上暗い雰囲気にならないよう、明るい話題はないかと探し、思いつく。

「……あの、気にしないでくださいね。その時はもう必死でしたけど、介護の傍らハーブや花を育てたりして、それなりに楽しく過ごしていましたから」

「憩いの時間や場所を設けることはとても大事だ。過酷な環境にあっても、そうやって己を保ちつつ最期までご両親を看取ったあなたは立派だ」

アスリは耳を疑った。話を逸らそうとはしたものの、まさか褒められるなんて……と。

（わたしが立派？　……そんなわけない、わたしには後悔しかない。あの時もっと――）

「ユセヌに帰りたいと思うことは？」

尋ねられて、ハッと我に返る。

「いいえ。義姉からは『帰りたくなったらわたしを呼んで』とは言われていますけど、今更向こうに帰ったって安らげる場所はありません」

「それをよく平然と……――いや、なんでもない」

口籠ったギルファムは繋いでいた手を口元に引っ張り、アスリの手の甲に軽く口づけを落とした。まるで慰めてくれているかのような仕草と微笑みだ。

「すでにここがアスリの家だ。俺はあなたの家族であり、夫。あなたがここを己の棲家として思えるよう、夫として最善を尽くすと誓う」

（またそんな、自分の首を絞めるようなことを言って……）

アスリは苦笑した。

彼が仕事人間であり、完璧主義であることを、アスリは初日に理解していた。彼の言葉は本心であり、その場しのぎではないのだろう。仕事には手を抜かず、アスリのことも手を抜かない。

その気持ちはありがたいが、ギルファムの健康を誰よりも気にかけているアスリにとっては少々ハラハラしてしまう。

「はい、ありがとうございます。でも、わたしのことはギルファムさ……ギルの健康とお仕事の次で構いませんから、ご無理はなさらぬよう」

その日二人は遅くまで語らい、手を繋いだまま仲良く眠った。

6

（…………苦しい。なんだか窮屈な……んん？）

アスリは息苦しさを感じ、目を覚ました。

まず視界に入ったのは、顔の前に置かれた手。関節は太く筋張っているが、その先にある爪はとても綺麗な形をしている。

（……じゃなくて。どうしてこんなところにギルの手が……ある、の……――）

体に感じる重みと、目の前にある手。そういえば、後頭部付近から規則的な寝息も聞こえている。息が髪にかかりくすぐったい。

それに加え、背中に腰に尻にしっかり感じるのは、己のものではない体温……。

要するに、ギルファムに抱きかかえられるようにして、アスリは眠っていたのだ。

（どうりで窮屈に感じたわけね。でも無意識だから仕方ないわよね）

昨夜はきちんと二人並んで寝たはずだ。触れているのは繋いだ手だけだったのに、眠っている間にこんな体勢になろうとは、全く予期せぬ事態だった。

（わたしが動いたらギルを起こしてしまうかも。いつもお疲れだから、できれば起こしたくない……）

さてどうしよう、と息を殺して悩んでいたら、背後にいるギルファムがみじろぎをした。

「んん……」

寝言未満の気だるげな声。

それとともに、アスリはぎゅっと抱きしめられる。

目の前にあった手は、脇腹のあたりに巻きついた。背中から太ももにかけても、よりピタリと隙間なく密着してしまう。

（あの……これ……下半身っ！　う、うぅ、お尻に硬いものが……当たってる！）

子を成すには男女が下半身を繋げねばならない。――ということはアスリも知っているが、男性の生理現象として、起床前後にその部分が硬くなることまでは知らない。

それゆえに、アスリはこのまま犯されてしまうのではないかと焦った。

（たっ確かにわたしたちは夫婦になるのだし！　ギルを拒もうなんて思ってない。でも、きゅ、急すぎない!?　昨夜『ゆっくり仲を深めていきたい』って！）

アスリはひどく緊張した。心拍数は跳ね上がり、耳がじんじんと熱い。

意識すればするほどドツボにハマっていくようだ。尻に当たる感触だけでなく、胴を抱くギルファムの手の甲がかすかに胸に触れていることも気になって仕方がなくなった。

（あああ……どうしたらいいの？　受け入れるべき？　拒むべき？　でも……っ）

すり、とギルファムの手が動いた。すぐそばにある膨らみに気づいたのか、手のひらが乳房を包み込んだ。しかし彼はそれだけに飽き足らず、張りや弾力を確かめるようにふにふにと優しく揉み始めてしまう。

誰の好みか知らないが、アスリの寝間着は胸元が大きく開いたデザインが多かった。この日の寝間着はキャミソールタイプで、例のごとくＶの字の深い切れ込みがみぞおち手前まで入っていた。だからギルファムの手がその隙間に気づくのも容易いことだった。

「……っ!!」

胸の先端に指先が触れ、びくりと体が小さく揺れた。

布越しならまだよかった。しかし、直。『ゆっくり仲良くなろう』と提案してきた張本人が、今、アスリの許可も得ないままに敏感なところに触れたのである。

そのまま通り過ぎてくれればいいものを、ギルファムの指は突起に気づき、後戻りして再び先端を撫でた。と同時に、アスリの尻には硬いものが擦りつけられ、胸の先端は爪でカリカリと擦られ……――。

「っ、……んぁっ！」

たまらずアスリから声が上がった。これ以上我慢ができなかった。

その声に反応するかのように、ギルファムの手がピタリと止まった。寝息も止まり、下半身の怪しげな動きも止まり、数秒後。

「…………おわぁっ⁉」

野太い悲鳴とともに、ギルファムが後ろに飛び退《の》いた。己がアスリに何をしているのか、ようやく気づいてくれたようだ。

ずれた肩紐を直しながら、アスリはのそのそと起き上がる。顔も耳も赤いことは自覚があったので、気まずさに俯きながら恐々とギルファムを振り向く。

「お、おはようございます……」

「おはよう…………いや、だから、夢で……アスリ、そうじゃない、違うんだ」

ギルファムも顔を真っ赤に染めて、しどろもどろの挨拶を返す。

（ギルはわたしを襲うつもりじゃなかった。夢だと思っていたのね。……ん？　わたしをあんな風に襲いたいという願望はある、という、こと……？）

「アスリ、その……すまなかった」

「いいえ、寝ぼけていたんですもの。仕方ないです」

深く考察してはいけない。アスリは今朝の出来事をまるっと忘れることにした。

が、当然記憶操作などできるはずもなく、ギクシャクしないわけにはいかない。そして、その絶妙な空気を感じ取る者もいるわけで。

「――わたくしたち、そろそろ領地へ戻るわ。あなたたちの様子からもう少しここにとどまることも検討していたけれど……フフ、もう大丈夫そうね」

朝食後、今日も今日とてギルファムの見送りのため玄関に集まったところ、パトリツィアが意味深に告げた。

ギルファムとアスリの仲は着実にいい方向へと進みつつあったが、昨夜から今朝にかけて、その勢いが増した。

そこに姑も勘づいたのだ。

何かを誤魔化すかのように、ゴホンと咳払いをしたのはギルファム。

「ここを発つのはいつの予定で？」

「明朝よ」

その回答に、ええっ、とアスリが驚愕する。

「そんな……早すぎます！　もっとごゆっくりなさったらいいのに！」

「もう三ヶ月近くいるのよ、十分ゆっくりしたわ。いい加減本邸に戻らなくては、領地を任せてきた者に怒られてしまうわ」

義母パトリツィアと、義父ディーデリヒが領地に戻ってしまう。いつかそんな日が訪れることはアスリも承知していたが、こんなに急だとは思っていなかった。

突然の寂しさに襲われて取り乱すアスリの肩を、パトリツィアがぽんと叩く。

「ここにはギルファムも使用人たちもいるから大丈夫よ。わたくしたちもまた参りますし、アスリさんも遊びにいらっしゃい。いずれはあなたたちが治める領地なのですから」

彼女の言うことがもっともだと、アスリも頭ではわかっている。呑み込めないが、呑み込むしかない。

「お義母様、お義父様……お二人には、何とお礼を申し上げたらいいか」

「いやね、大袈裟だし辛気臭い。これで関係が終わってしまうみたいな言い方もよろしくないわね」

しんみりしそうな空気を、パトリツィアが豪快にかき消そうとする。いい？　と言って、アスリの前に人差し指を一本立てた。

「これは終わりではなく、我々の家族としての始まりよ。だからギルファム、あなたたち結婚してしまいなさい。公証人を呼んでおきますから、今夜のうちに結婚誓約書に署名するのよ。そうしないと、結婚よりも先に子が生まれてしまうわ」

「こっ……‼」

パトリツィアは、ギルファムとアスリの間の空気の変化に勘づいた。二人は大人の男女である、何があったのかと考えれば、行き着く答えはただ一つ。

厳密には二人はいまだに清い仲なので、当たらずとも遠からず……というところだが。

嬉しそうに含み笑いするパトリツィアに、ギルファムがため息をこぼす。

「母上、何を誤解なさっているのか知りませんが、一つの寝室を共有しているとはいえ、我々はまだ――」

「お黙りなさい。『まだ』だの『もう』だのどうでもいいことよ。あなたたちを見ていたら子ができるのも時間の問題だとわかります！　御託は不要、名実ともにさっさと夫婦になっておしまい！」

ギルファムが訂正しようとしたが、それをパトリツィアは許さなかった。彼女にとって細かいことはもはやどうでもよく、とにかくこの勢いに乗って息子を結婚させてしまいたかったのである。

早急に結婚せよ、という両親の指令に逆らう気はギルファムにもアスリにもなく、言われるがままその日の夕方には結婚の準備が整ってしまった。

早く早くと急かされて、ギルファムの帰邸を待たず先にアスリが結婚誓約書に署名した。その後仕事から帰りたてホヤホヤのギルファムを捕まえて、椅子に座らせ署名させる。

そして完成した書類を公証人が確認し、「本日この結婚誓約書をもって、ギルファム・マクト様とアスリ・サデラウラ様の婚姻が成立したことを証します」と告げたことにより、アスリたちは晴れて夫婦となった。

（こんなに簡単に結婚していいのかしら？　ここに至るまで数ヶ月かかったとはいえ、もっと、こう……）

何とも呆気なく、駆け足で、色気も感慨もない行事だった。

パトリツィアだけは「ようやくあのギルファムが……」と涙ぐんでいたけれど。

「アスリさん、これであなたも正式にマクト家の一員。これからはアスリ・マクトと名乗るように」

ハンカチ片手の義母に言われ、アスリは素直に頷いた。

「はい。改めましてどうぞよろしくお願いいたします、お義母様」

「籍は入れた、同居もしている。となれば次はお披露目、結婚式。さぁ忙しくなるわよ！」

アスリの記憶にある健康な頃の実母は、控えめでいつも父のあとをついて歩く、物静かな人だった。だから常にパワフルで前向きなパトリツィアは新鮮で、一緒にいると元気を分けてもらっているような気になれた。

あれとこれと……と執事に複数の指示を飛ばし、パッとアスリに微笑みかける。

「アスリさんは何も心配いりませんからね。これでマクト家も安泰。もう夫婦となったのだから、あとは野となれ山となれ、花となって咲き誇れ！　小難しいことは言いません、式よりも子が先になっても構いませんからね！」

「は、はぁ……」

はい、頑張ります！　と答えるのは何だか違う気がして、曖昧な返事しかできなかった。しかしそれで十分だったのか、パトリツィアたちは明日も早いからとそそくさと寝室へ消えていった。

すぐ背後からため息が聞こえた。ギルファムだ。

「母はいつもこうと決めたらすぐに動く人間なんだ。アスリまで振り回すことになってしまって、本当に申し訳ない。本来なら俺が止めるべきところだろうが……」

「いえ、いいんです。素晴らしい行動力はわたしも見習いたいくらいだわ」

どのみちアスリはギルファムと結婚するつもりだった。いつまで経っても『お試し』期間で気を揉むことを考えれば、早々に『マクト』を名乗れることは、アスリにとってもありがたいことだ。

アスリの表情を見て、ギルファムも安堵したようだ。それ以上その場では結婚について触れることはなかった。

いつも通り二人仲良く夕食をとり、湯浴みをして寝支度を整える。夫婦になったとはいえ、代わり映えのない日常。

と思いきや、寝る段階になってアスリは緊張し始めた。今朝方ギルファムに抱きつかれたせいもあったが、一番は、彼が正式に夫となったことにあった。

（もしかして、今夜ついにそういうことになる？　だって結婚したのだし……）

一方のギルファムはといえば、アスリとは対照的にとても落ち着いて見えた。今日もよく働いた……と自分で自分を労いながらベッドに腰を下ろしている。

「ギル……あの」

にじり寄るようにしながら、アスリが恐る恐る声をかけた。

「どうした？　マッサージをしてくれるのか？」

想像以上にギルファムの台詞は健全だった。

自分ばかり破廉恥な妄想に囚われていたことが恥ずかしくなり、アスリは声を裏返らせる。

「いえ……あっ、マ、マッサージ！　しましょうか⁉　しましょうね、どこがいい――」

「もしかして、結婚したことを気にしているのか？」

動揺の原因を、ギルファムに容易く見抜かれてしまった。

言い訳しようとしたが頭が真っ白で何も浮かばず、観念して俯きコクンと頷いた。

「…………だって一応、初夜、ですし……」

（恥ずかしい……はしたない女だと思われたわ。どうしよう、こんなことじゃマクト家の嫁として失格──）

ギルファムの指が顎《あご》にかかり、上を向かされた。彼の顔はすでにアスリのそばにあり、前触れもなく柔らかな唇が押し当てられた。

目を閉じる時間もなく、彼の顔面を至近距離で眺める。

髪と同じプラチナブロンドのまつ毛の隙間からこちらを覗く、深い青色の瞳。目も眉も鼻も全てアスリのそれらより大きくて力強いのに、どうしてか触れ合っている唇だけはとびきり柔らかい。

心地よさにうっとり浸り始めていたところで、唇が離れ口づけは終わった。

「心の準備はできているのか？」

「……はい」

指先がこめかみあたりにそっと触れ、顔の横を垂れる髪を耳に優しくかけてくれる。

そのフェザータッチに期待と不安で背筋が震えた。

（キスをした。意味深に触られもした。座っているのはベッドの上で、距離も近い。これはもう、そういうこと……よね？）

ところがギルファムは、それ以上のことをしようとはしなかった。

「できれば、この続きは後日にさせてもらえないか？　結婚式の夜……だと尚いいな」

アスリは肩透かしを食らったような気持ちになった。もしかしてギルファムは関係の進展を望んでいないのではないか？　という疑いまで頭をよぎった。

「アスリの『初めて』をもらう日は、忘れられなくなるくらい素晴らしい夜にしたいんだ。体調を整えて仕事の都合もつけて、最低でも三日三晩は寝室から出なくてもいいように。……本当に式よりも子が先になったら、それはそれで母の言いなりになったみたいで悔しい、というのもある」

が、杞憂だった。

（ギルはわたしのことを考えて……。三日三晩というのはちょっと不穏だけど、彼なりにわたしを大切に想ってくれているんだわ）

アスリの体から力が抜けた。無闇に触れない優しさがこの上なく嬉しくて、胸がきゅんと高鳴った。

「……面倒な男だと思うか？」

照れて少し不貞腐《ふてくさ》れたようなギルファムの表情に感じたのは、愛着。自分よりもはるかに大きく逞しく、自立した成人男性を、アスリは『かわいい』と感じた。

（面倒なんて思わない。ロマンチックでドキドキしちゃう。この人と知り合えてよかった）

アスリは首を振り、目を輝かせる。

「全然。来る結婚式の日まで、まだまだ自分を磨くことができるとわかって俄然やる気が出てきました！」

グ、と手を握り気合いを見せると、ギルファムは眉を垂らして苦笑した。

「これ以上磨かなくても、今のままでアスリは十分魅力的だ。自慢の妻だよ」

「ありがとうございます！　五年後、十年後もそうおっしゃっていただけるよう、今から頑張ります！」

「とりあえず今日はもう寝ようか」

「はい！」

前日に引き続き、また手を繋いで横になった。ぽつりぽつりと会話を交わしているうちに、アスリが先に寝落ちした。

7

戦地からの帰還後、ギルファムがまともな休暇を取れるまで実に一ヶ月かかった。わたしよりも仕事を優先してください、と屈託のない笑顔を見せるアスリに甘え、ギルファムは本当に仕事を優先させた。

ただしその一ヶ月で戦中溜まりに溜まっていた仕事のほとんどを片付けることができたのだから、無意な一ヶ月でなかったことは確かだ。

それに加え、長く働き詰めていたにもかかわらず、アスリの超絶技巧マッサージによりギルファムは好調を維持していた。頭痛に悩まされることもなくなって、以前よりも健康体になったくらいだ。

待望の休暇である、ギルファムとしてはゆっくり過ごそうと考えていたようだ。ところが皇帝主催の戦勝祝賀会がすぐそこにまで迫っていたため、休暇は祝賀会の準備に消えた。

とはいっても、忙しいのはギルファムよりもアスリのほうだった。

「素敵……こんなドレスを用意してくださったなんて……」

メイドと針子たちにオーダーメイドのドレスを着せられ、その出来栄えに嘆息する。

うす桃色の絹の生地に、軽やかなレースがふんだんに重ねられた春らしいドレス。デコルテラインを囲うシフォンフリルには小粒な宝石が縫《ぬ》いつけてあり、動くたびにキラキラと輝きを放った。

このドレスはパトリツィアが注文したものだ。アスリの髪色、目の色、肌の色、そして隣に立つギルファムにも合うように、生地の種類から何から何まで細かく指定していた。

その結果がこれである。

決して派手ではないが、最高級の素材を使い丁寧に仕立てられたある種の芸術作品であることは、誰の目にもわかるだろう。

そのさりげない繊細さに、アスリもまた目を奪われた。

「マクト家の名を背負っていらっしゃるわけですから、これくらい当たり前のこと。奥様には早急に慣れていただきませんと。それから、何度も申し上げておりますが、使用人に敬語を使うのはいい加減お控えくださいませ」

「そうですか……善処します」

「ほら、また。大奥様のように、もっと厳しくなさってもよろしいのですよ」

「いつかはわたしもお義母様の後を継がねばなりませんものね……」

アスリの体型に沿うように作られたドレスだが、少し胴周りにゆとりがあったようだ。

針子が少し詰めるからと、布に印をつけている。その手つきを見守りながら、アスリは結局敬語をやめられない。

「さ、一度お脱ぎくださいますか？　今ここで身ごろを詰めてしまいます。その後再び試着していただきますから、そのままでお待ちを」

数人がかりで脱がされて、言われる通りアスリは下着姿のまま待った。

ユセヌの下着もウォルテガの下着もそうそう変わりはないが、唯一違うものがあるとしたら、それはコルセットだ。

ユセヌの女性は配偶者にしか顔と手以外を見せてはならず、体の線は隠すのが当たり前だった。だから矯正下着というものが存在しなかった。

一方のウォルテガでは、腰は細く胸と尻の大きい女性が美しいとされ、その理想を作るためにコルセットが広く用いられていた。だからアスリもコルセットにより胴をぎゅうっと絞ってもらっていたのだが、元から体の凹凸《おうとつ》が激しい彼女にとって、コルセットで締めつけられると胸の肉がより強調され、何とも落ち着かない気分に陥った。

メイドたちに羨ましがられ、そういうものかと受け入れはしたが、それでも恥ずかしさは残る。

そこへ、扉をノックする音が響く。

「誰かいるか？　アスリを探しているんだが……――」

やってきたのはギルファムだった。

ノックしたはいいが、室内からの返答を待たずに開けるものだから、下着姿のアスリには肌を隠す暇もなかった。

「……っ‼」

（み、見られた、見られたっ！　恥ずかしい……！）

顔がカアッと熱くなり、両手で己を抱きしめるようにしてアスリはその場にうずくまる。

「っすまない！」

すぐにギルファムも失態に気づき、慌てて扉を閉め部屋から出ていった。

屈強な男が力任せに閉めたものだから、その勢いに建物全体が揺れた。

「……奥様、立ち上がれますか？」

「ご、ごめんなさいカーリン。手を貸してくれるかしら」

もちろんですとも、とアスリを助け起こしながら、カーリンが小声で呟く。

「——なるほど、旦那様と奥様はまだだったのね」

「カーリン？　何か言ったかしら？」

「いいえ、何にも」

カーリンの微笑みに誤魔化され、結局何のことかアスリにはわからなかった。


「昼間はすまなかった。フィッティングの予定があることは覚えていたんだが、どの部屋で、とまでは……。しかもまさかあんなにタイミングよく……」

「いえ、全然！　気にしていません。びっくりしましたけど、もう落ち着きましたし」

下着姿を見られた。それは確かにアスリにとって赤面ものの珍事だったが、よくよく考えてみれば、いつもの寝間着姿だってそれなりに肌が露出しているのである。

胸元も腕も時折太ももも、すでに見られているも同然。だから今更恥じらう必要はない。

——と、アスリは結論づけた。

ベッドにゴロンと横になり、ため息混じりにギルファムが呟く。

「結局、せっかくの休みだったのに二人の時間は取れなかったな」

「そうですね。残念ですけど……そういえばわたし、ギルに質問があるんです」

夫の隣に寝そべって、上目遣いに伺いを立てた。

「なんだ？　好きに聞いてくれ」

「じゃあまず……どんな香りが好きですか？　苦手な香りもあれば教えてほしいです」

突拍子もない質問に、香り？　とギルファムが聞き返す。

「少し前から、マクト邸の温室の一角でハーブ栽培を始めたんです。いつものマッサージに加えて芳香療法も取り入れられたら、もっとギルのお役に立てるんじゃないかと思って……それゆえの市場調査です」

ガーデナーの協力を得ていくつかハーブを植えてみたものの、できればもう少し種類を増やしたかった。だから参考に尋ねてみたのだ。

「そうだな……あまり意識したことはないが……きつい香りはあまり好きではない。鉄の香りも血を連想するから苦手だな。仕事柄、戦地を思い出す香りは避けてほしい」

「爽やかな香りはどうですか？　たとえば柑橘系とか。あとは甘い香り」

「強《し》いて言うなら甘ったるい香りよりも、小ざっぱりとした果物や花の香りが好きかな」

（それならレモングラスやマージョラムが向いているかしら？　ラベンダーもいいかも）

「わかりました。参考にさせていただきますね」

ハーブを育てて収穫し、屋敷の蒸留室を借りれば精油の抽出もできる。蒸留室にある機材も最新のものが揃っていたから、質の高い精油が得られるだろう。

そう考えると楽しみになって、アスリの頬が自然と緩んだ。

「あなたはいつも俺のことを考えてくれるんだな。自分のことを後回しにしてまで俺の世話を焼いて……それで得るものはあるのか？」

もちろん！　とアスリは即答する。

「ギルの健康が、わたしの求めているものですから。あなたの精神が安定し、身も心も健康で仕事も順調であれば、わたしも嬉しくなるのです。……変ですか？」

横になったまま腕組みをして、うーんとギルファムが考える。

「まあ、変といえば変だな。アスリには欲がなさすぎる」

「とんでもない。わたしは強欲ですよ。あなたの健康を願う気持ちは、きっと何よりも強くて深いもの」

ドレスが欲しい、宝石が欲しい。美味しいものが食べたい、褒められたい、よく見られたい――。欲と一口に言っても様々だ。アスリの物欲はギルファムの言う通り少ない方だったが、だからといって他の欲がないわけではない。

（ギルには長生きしてほしい。わたしを置いていかないでほしい。母や父のように弱ったりせず、ずっと元気で生きていてほしい。永遠が難しいのなら、できるだけ可能な限り長く。たとえこれが依存と言われようとも、わたしは――）

どこからともなくやってくる、ゾワゾワとした死の気配。意識が引きずられそうになったところでハッとした。

ギルファムが顔を覗き込んでいたのだ。

「アスリ――」

「そっそういえばあれ、どういうことだったんですか？　ほら、あの、以前お義母様とのお話で出ていた、『理想』とか『無理難題』とか。まだ聞いていませんでした」

胸の奥底にあるものに気づかれることを避けるため、彼の言葉を遮ってアスリは話をはぐらかした。

「あー……そうだな……その説明もしなくては」

そうとは知らないギルファムは、居心地悪そうに頬を引き攣《つ》らせる。

「まず、アスリには申し訳ないが、もともと俺は結婚に乗り気ではなかった。俺と結婚したいなどと言う人間はろくでもない者ばかりだったし、どこかの令嬢と政略結婚をしなければならない理由も特にはなかったからな」

それは、初対面時からアスリもしっかり感じ取っていたことだ。

「だが、あまりにも母がしつこくせっついてくるから、やけになって『俺の理想の条件に合う女性を見つけてきたらすぐにでも結婚してもいいが、もしも見つけられなかったら金輪際縁談は持ち込むな』と取引したんだ」

「それでその『理想』というのは？」

アスリの質問に、ギルファムが「うっ」と顎を引いた。アスリからそっと目を逸らし、言いにくそうに口に出す。

「簡単に言うと、あなただ」

「……わたし？」

（でも、あの日出会うまでわたしはギルを知らなかったし、それはギルも同じはず……）

「具体的には……そうだな、穏やかで真面目で、あとは……仕事に没頭する俺を許してくれる寛容な女性が、俺の理想だと母に告げたんだ。それと巨《きょ》にゅ……いや、それだけ。それだけだ、本当に」

言葉を選びながら喋っているふしがあったため、他にも詳細な条件があったのだろう、とアスリは何となく勘づいた。が、本人に言う気がないことを追求するのも野暮なので、気づかないフリをした。

（そうか、わたしが理想……）

一言一句何と言ったのか、詳細までは教えてもらえそうにない。しかし己を理想だと言ってくれたことは確かなようだ。

アスリの鼓動が速くなる。頬が熱を持ち始める。

「ギルはわたしと結婚して、後悔していることはありますか？」

「ない、あるわけがない！　あなたのいる生活にはこれまで感じたことのない新鮮な張りがあって……もっと一緒にいる時間を増やしたいと思っているくらいだ！」

期待以上の返答に、アスリは胸がいっぱいになった。目が潤み、口角がヒクついた。

ここで泣いたらギルファムが気を悪くしてしまうと思って、下がりそうになる口の端を上げ笑顔に変えて誤魔化しておく。

「ギルと結婚できてよかったです。この家が好き。ギルが好き。優しくて誠実で、誰よりも大切なわたしの夫」

アスリの心に芽生えた愛。瞬く間に周囲を焦《こ》がすような激しさはないのかもしれない。しかし愛には違いなく、全身がぽかぽかしてくるような、じんわりとしてとても心地よい温もりをアスリは体の中に感じた。その想いと温もりはきっと、言葉を通じてギルファムにも伝わったはずだ。

「……ありがとう」

ギルファムの顔が近づいてくる。高い鼻がツンと当たり、まもなく唇が重なった。軽く吸われた唇が、名残惜しそうに音を立てて離れる。

「もう寝ようか。おやすみ」

――と切り出したはずのギルファムが、一分後再びアスリに声をかける。

「言い忘れていた。俺も、アスリのことが好きだ。アスリ以外にいない」

少し乱れた金色の髪。ランプに照らされほのかに朱が差して見える顔。そしてその瞳には、熱いものが宿っている。

「ありがとうございます。あの……嬉しいです、とても」

嘘には思えない。思わない。これは本音だと直感する。

アスリの胸は痛いくらいにときめいて、寝る前なのに目が冴えた。

「……どうしよう、眠れそうにないかも」

仰向けになり腹の上で手を組んで、ギンギンの目で天井を睨みながら弱音を吐くと、隣から笑い声が上がった。

「はは、すまない。仕方ないから今夜は一緒に夜更かしでもしようか？」

「ギルのお仕事に差し障るので、それはちょっと……。その代わり、マッサージはいかがですか？」

その後僧帽筋を揉み始めて五分でギルファムは落ちた。施術のために全身を動かしたおかげか、終わったあとはアスリもすぐに寝入ることができた。

3章　カタブツは愛しい気持ちを制御できない

1

ギルファムが練兵場に顔を出した時、そこでは剣術の模擬戦が行われていた。

騎士らが二人一組になり、監督生の掛け声で木剣を持ってそれを打ち合う。あちらこちらで剣戟《けんげき》の鈍い音が聞こえ、腰を入れろだのなんだの、怒号が時折飛び交っている。

陽を遮るテントの中には、若い騎士らを見守る者がいた。第一騎士団副団長のフランツ・ラハナーだ。

慣れた手つきで敬礼を交わしたあと、ギルファムはフランツの横に並び、一緒に模擬戦を眺める。

「じい様方との打ち合わせは終わったのかい？」

「まあな。息抜きに少し体を動かしたくなったから、こっちに顔を出してみたんだ」

フランツのほうが一回り年上で、背はギルファムのほうが一回り高い。団長と副団長という上下関係はあれど、二人はよき友でもあった。

　短い顎髭を触りながら、フランツがギルファムに提案する。

「君も交じってやってみる？　ウォルテガの英雄ギルファム・マクトが手合わせしてくれるとなれば、みな気合が入るってものよ」

　騎士団長は前線に出て戦うよりも、戦術を立てて後方から指揮することが圧倒的に多い。しかしギルファムは戦術に長《た》けているばかりか、剣の腕も優秀だった。

　幼いうちから大人顔負けに剣を振るい、十五歳になる頃には剣術大会に出場すれば優勝が確定していたほど。

　ギルファムがこの場に姿を現したことに、気づかない者はいない。みな団長を意識しながら、稽古をつけてくれることを期待する視線を送っている。

　しかしギルファムは首を振る。

「また今度だな。そんなに長い時間ここにはいられない。ただ散歩に来ただけなんだ」

　そうか～残念だねえ、と返すフランツは、言葉ほど落ち込んではいない。彼もギルファムの忙しさを重々承知していたし、何ならフランツだって忙しく、彼の机にもチェック待ちの報告書が溜まっているのだ。

　その後ろめたさを隠すためか、フランツが話を逸らす。

「そういえば週末の戦勝祝賀会、君も誰か誘ったんだろうね？」

「いいや、誰も」

四ヶ月前に開戦した北東部領土奪還戦争は、短期決戦の果てにウォルテガ帝国の完全勝利という形で幕を閉じた。その祝賀会が近日、王宮にて執り行われるのだ。

ギルファムの寂しい回答に、フランツは肩を落としため息を吐く。

「君ねぇ……そういうところよ？　顔はいい、家柄もいいし仕事もできる。なのに女性一人誘えないなんて……！　誰でもいいから声をかけてみなさいよ、世の大半の女性が喜んで受けてくれるはずだよ」

「妻と出席することにしている」

「まあ、ね。恋人よりも婚約者、婚約者よりも妻のほうが格好が……ん？　つつつ妻ァ⁉」

あまりにも自然にギルファムが『妻』に言及したので、フランツは危うく聞き流すところだった。「どういうことだ、冗談はやめてくれ」と食ってかかる彼に対し、ギルファムはしれっとしつつも誇らしげな表情で打ち明ける。

「結婚したんだ。言ってなかったか？　式はこれからだが、結婚申請書はすでに受理されている。だから『妻』で合っている」

「聞いてない。聞いてないぞ！　いつだ？　いつ出会った⁉　どうして俺に何の相談もなく……違う、その前に、君にそんな時間あった？　仕事ばかりしていたじゃないか！」

「こちらに戻ってすぐ、見合いをした。……いや、あれは見合いというより『押しかけられた』と言ったほうが正しいか？」

ぽつりと漏らした自問自答が、フランツの耳にも届いたようだ。

「押しかけられたァ⁉　そんな図々しい女性を、孤高の独身貴族ギルファム・マクト閣下が本気で受け入れたのか⁉　……毒でも盛られた？」

どんな美姫との縁談も袖にしてきたギルファムが、押しかけられた程度で結婚を決めてしまうなんて。これまでの彼を知っているフランツには、にわかに信じられなかった。

混乱するフランツを、さも心外だとでも言うようにギルファムがキッと睨みつける。

「彼女をその他大勢と同じ扱いにしてくれるな。彼女はまさに俺の理想だ。控えめで、俺を癒してくれる。あんな女性は他にいない。彼女との出会いに感謝しない日はない」

ギルファムはもともと寡黙な方で、事務連絡は喋れども己の心情を語ったりするようなタイプではなかった。それに加え生真面目で責任感が強いがゆえに、『カタブツの仕事人間』『面白みに欠けた人間』と揶揄《やゆ》されることもある。

表情も右に同じで、嬉しい時も悲しい時も別にどうということもない時も、常に不機嫌そうに見えた。

にもかかわらず、アスリのよさを語り、日頃どう思っているかを語るその表情には、彼女に対する愛着とギルファムの人間味がしっかり浮かび上がっているではないか。

「ギルファム・マクトをしてそこまで言わしめる女性か……会ってみたいものだねぇ」

興味津々の様子で、口元が弧を描いている。

それを見てギルファムが忠告する。

「惚れるなよ、絶対に」

「当たり前だ！　上司の妻に横恋慕して何が楽しいんだよ！」

独占欲。嫉妬心。ギルファムからはそれらの感情が溢れている。惚れないという言質を得たにもかかわらず、彼は『万に一つ』を考えることに余念がないようだ。

「俺がフランツの立場なら、間違いなく奪いたくなる。だからあえて忠告しているんだ」

度が過ぎた警戒心に呆れ果ててしまったのか、フランツは降参だと言わんばかりに肩をすくめて両手のひらを上に向ける。

「あー……はいはい。そんなにいい奥方なら、俺がどうこうする以前にまず君が愛想を尽かされないよう頑張ることだね。奥方が君の理想通りなのはわかったけども、君が奥方の理想通りかはわからないんだし？」

「は？　いや、…………は!?」

（アスリは俺の理想通り。だが、その逆……？　アスリにとって、俺がアスリの理想通りかどうか？　決まっている、そんなもの当然……当然…………どう、なんだ？）

ピタリ、と惚気《のろけ》が止まった。ギルファムは新たに生じた不安に支配された。

「お帰りなさ――」

「アスリッ‼」

帰邸時にはいつも、使用人とともにアスリも玄関まで出迎えてくれる。

今日も彼女が視界に入るやいなや、ギルファムは大股で近寄ってその華奢な肩に手を置いた。

「アスリに聞きたいことがある。あなたの理想の男性像は？　本当に俺でいいのか⁉」

「ええと……？」

「答えてくれ！　俺はあなたの夫となるに足る人間なのかっ⁉」

フランツの言葉は、しっかりとギルファムの心を抉《えぐ》っていた。

――君が奥方の理想通りかはわからないんだし――。

確かにその通りだ、とギルファムは心底思った。

アスリはギルファムの理想とする女性そのものだ。だからこの縁談はある種の僥倖《ぎょうこう》のようなもの。

だが、アスリはどうだろうか。この縁談を受け入れるしかないとして、その先は？

確かにギルファムは上級貴族で金持ちで、仕事もできるし顔もいい。だが、それだけ。

妻への配慮が足りないことは、本人が一番よく知っている。

（このままの生活が続くのならば、自分は捨てられてしまうかもしれない。俺を捨て、もっと条件のいい男とアスリは――）

想像しただけで辛くなり、鼻の奥がツンと痛む。

「何があったか存じ上げませんけれど……わたしはギルに満足していますよ？」

鬼気迫る勢いのギルファムに、アスリが不思議そうに告げた。

しかしギルファムは大変面倒臭い男なので、そんな短い回答で納得するわけがない。

（いいや、お世辞だ。もしも俺がアスリだったなら、俺のように面白みもなく自分勝手な男とは一日でも一緒にいたくないぞ。第一印象も最悪だっただろうし！）

ギルファムの不満げな表情と沈黙を正しく理解したアスリは、安心させるように説明を付け加える。

「理想の男性像といえば、数ヶ月前、ギルを紹介される前に義姉にも尋ねられました」

「何だと⁉　その時、何と答えた⁉」

「健康で、長生きしてくれる男性――と。そうしてギルを紹介され、わたしはここにやってきました。本当に、わたしに不満はありません。だからギルが心配なさることは一つもないんです」

（またそんな、欲のないことを！）

以前アスリは己を強欲だと評した。しかしギルファムにはどう考えても信じられない。

無欲にしか思えないのだ。

　理解できない。理解したい。もっと求めてほしい。もっと与えたい。

（アスリが好きだ、大好きだ。好きよりも強くて、もっと、こう……――）

「――っあ、愛しているんだ‼」

　もどかしい気持ちの数々を、どう言えば正確に伝えることができるのか。悩み、苦しんだ果てに口から飛び出たのは、自分でも予期していなかった言葉だった。

　目を丸くするアスリと同様、ギルファムも目を丸くして見つめ合う。

（愛している？　俺が、アスリを……あ、あい……）

　そして彼は悟る。

（――ああ、この燃え滾るような感情が、愛。そうか、俺はアスリを愛しているんだ）

　いつからか胸の中にあった想い。何かわからないまま、ずっと触れようとしなかっただけで。

　とうとうギルファムは気づいた。ギルファムは愛を知り、愛に目覚めたのだ。

　アスリの頰をそっと両手で包み込む。

　愛しき妻の顔は己の手で覆い隠せてしまうほど小さい。その小ささも温もりも繊細な感触も、全てが愛おしくて狂おしい。

「アスリ、あなたを愛している。あなたを手離せそうにない。俺もあなたに愛される努力をするから、俺のことを見てくれ。そしていずれは愛してほしい」

こんなにも強い感情を抱くのはギルファム史上初めてだった。人生初の告白はたどたどしく、滑稽だったことだろう。だが、それでもアスリに愛を乞わずにはいられなかった。

どんな反応が返ってくるのか、恐々しながらギルファムは待った。

するとアスリはみるみるうちに顔を真っ赤にさせ、そのうち口元が緩み、花開くように笑った。

「いずれじゃなくて、すでにわたしもあなたを大切に想っていますよ？」

（大切に想っています。大切に想っています。大切に想っています。……かわいい‼）

アスリの言葉を脳内で反復した結果、『かわいい』の気持ちが溢れた。アスリの赤い唇に吸い寄せられるようにして、ギルファムはその柔らかさを求める。

（ふわふわだ。なんてかわいいのだろう。唇と言わず今すぐ全身にキスをしたい……）

ちゅうっと音を立てて離れ、うっとりしながら瞼を開くと、真っ赤に照れて目を泳がせているアスリが見えた。

「あ、あのっ、ギル？　ちょっとここ、まだ玄《げん》――」

「愛している」

他に言葉などいらない。逃さない。

アスリの腰に手を回し、きつく抱きしめキスをする。

「ん、ギル、待っ……――」

待たない。心の中で返事をして、アスリの唇の間に己の舌を滑り込ませた。

薄く小さく温かい舌を追いかけて、絡ませて……と無我夢中で戯《たわむ》れる最中、ギルファムはここが寝室ではなく玄関ホールであることを思い出した。

寝支度を整えたあとではなく帰邸してきたところであり、二人きりでもなく複数の使用人が出迎えのためにこの場に居合わせていることも順次思い出した。

（しまった、周囲の状況を考えていなかった）

キスを中断し、周囲を見回す。するとみな、示し合わせていたかのように、主人と目を合わせぬよう一斉に顔を背《そむ》けた。

やってしまったとは思ったが、悔いたところでどうにもならないとも思う。

それよりも気になるのは、胸に感じるかすかな体重。アスリだ。

「ギル……どうして今、こんなところで、こんな……っ」

首まで真っ赤に染めたアスリが、己の腕にしがみついている。今にも床に崩れ落ちてしまいそうで、息も上がり声が震えてうまく喋れないようだ。

「……すまない。つい」

「……」

弁解未満の弁解をすると、眉間に皺を寄せたアスリがギルファムをきゅっと睨んだ。全く怖くない。

その仕草のかわいさに、ギルファムはたまらずに唸った。

（かわいい……。これだけかわいいのだから、我慢などできなくて当然だな！）

いまだ抗議の視線を送っているアスリに、ギルファムは開き直って微笑んだ。

「あなたを愛している。だからこれは、仕方のないことだ」

「だ、だからって仕方なくは――」

最後まで言わせずギルファムはキスを再開した。

左手でアスリの腰を抱き、自由な右手をヒラヒラと動かす。これは、使用人に対する『散れ』という合図だ。

執事たちが一斉に持ち場へ戻っていく。

彼らの気配が遠ざかっていくのをいいことに、ギルファムはアスリをますますきつく抱きしめた。

「んんっ！」

（結婚式まで体の関係は結ばないと言ったが……守れる自信がないな）

有言実行、できない約束はしない。それを一つの信条として生きてきたギルファムだったが、人生の岐路に立っているのかもしれない。

2

「緊張しているのか？」

馬車で舞踏会へ向かう道中、アスリの口数が減ったのを心配したギルファムが尋ねた。

アスリにしてみれば、緊張しないわけがない。

ウォルテガ帝国にやってきてからの数ヶ月を、アスリはほとんどマクト家の屋敷の中で過ごしていた。文化慣習の違いには慣れたが、ギルファムや彼の家族、使用人たち以外の者とは、ほぼ接触をしていない。

だから、ウォルテガ人がユセヌ人である自分のことをどう思うのか、気が気ではなかったのだ。

か細い声で「はい」と返すと、正面に座る夫から頼もしい笑顔と言葉が贈られる。

「心配はいらない、もっと気楽でいい。俺がついているのだから」

(……そうね、ギルがわたしをサポートしてくれるのだもの。あとはわたしがどれだけ頑張れるか。どれだけウォルテガの人に受け入れてもらえるかだわ)

ギルファムの妻として、マクト家の嫁として、この国の一員として。

舞踏会の会場に己を知る者はいない。ギルファムはついていると言ってくれたが、四六時中そばにいることは難しいだろう。

心細くないとは言えない。しかし、アスリにはアスリのできることをするしかないのだ。胸を張り、しゃんと前を向き、ギルファムの妻として恥ずかしくない振る舞いを――と深呼吸しながらやるべきことを復唱したら、少しだけ気持ちが楽になった。

「うん、ありがとうギルファム、わたしは大丈夫。楽しい夜にしましょうね」


会場に到着した二人。ギルファムの手を借りて馬車を降りる。

着慣れないイブニングドレスとヒールの高い靴のせいで、歩くだけでも辿々しい。『俺に掴まっていろ』と言わんばかりの頼もしい腕に助けられながら、アスリは会場へと向かった。そして――。

「わあっ、とても……綺麗！」

光を反射しキラキラ輝くシャンデリア、どこからともなく聞こえてくる、ゆったりとした音楽。

ユセヌにて爪の先に火を灯すような生活を送っていたアスリには、舞踏会や晩餐会などといった華麗な社交の経験がない。だから見るもの感じるもの全てが初めてで、眩《まばゆ》さに思わずクラクラした。

美しく着飾った参加者たちも目に入った。みな明るい表情で、にこやかに談笑している。ところがここでアスリは違和感を覚える。周囲の人々とやたらに目が合うのだ。それどころか、人々の視線がやたら刺さるような居心地の悪さも感じた。

（わたしが誰だかわからないから、みなさん気になるのかしら）結婚式もまだこれからだし……。

「みな、あなたの美しさに見惚れているんだ」

内心焦り始めていたアスリの耳元に、ギルファムが誇らしげに囁いた。彼も妻に向けられる視線をしっかり感じ取っていたようだ。

そんな理由で見ているのではないはず、とアスリは否定しようとしてやめた。ギルファムなりに緊張をほぐそうとしてくれているのだと察したのだ。

「わたしを見ているんじゃないわ、ギルよ。あなたがあまりにも素敵だから」

感謝の気持ちを込め軽口を試みたアスリに、ギルファムの顔があっという間に近づいて、唇に軽やかなキスが落とされた。

「………………!?」

突然のことにアスリは固まった。

以前にも自邸の玄関で唐突かつ熱烈な愛情表現を受けたことがあったけれど、ここは自邸ではなく王宮の舞踏会会場である。もちろん、周囲の人々にもしっかり目撃されている。

なぜ今？　という疑問から、アスリの思考は進まなかった。

その沈黙を利用して、ギルファムは子どものような屈託のない笑みを浮かべる。

「……っと、すまない。衝動に負けた」

（衝動？　キスをしたくなったの？）

よくわからないが彼の笑顔があまりにもかわいくて、まあいいか、と流してしまいたくなった。しかし『構いません』と言ったら次々キスが降ってきそうだし、『もっとして』も禁句にしか思えない。

「全然すまなさそうな顔じゃありませんけど」

そこで、抗議の意を滲ませながら口を尖らせてほんの少し咎めることにしたのだが、これも悪手だった。

ギルファムはアスリの小言を受け、「バレたか」と言って舌を出して笑ったのだ。その笑顔の、何と愛嬌のあることか。

出会った頃の表情の固いギルファムとはまるで別人。眉間の皺はツルンとなくなり、『へ』の字に曲がっていた口も柔らかい弧を描いている。

（こんな楽しそうな表情を見せられたら、何も言えなくなるじゃない……）

アスリは負けを確信したが、いい気分だった。結局まあいいか、とギルファムに笑顔を返した。

それに彼も満足したようで、背筋を伸ばし前に向き直る。

「さあ、行こう。まずは皇帝皇妃両陛下に拝謁だ」

ウォルテガのマナーとして、舞踏会に出席したら最初に主催者に挨拶をしなくてはならない。

そこで二人連れ立って、皇帝と皇妃の元へと向かった。

「皇帝陛下、皇妃陛下。第一騎士団団長ギルファム・マクトにございます」

見事な黄金の髪を青いリボンで一つに束ねた男性と、その横で扇を広げ口元を隠している女性。二人ともアスリの両親より若く、異母兄夫婦のほうが年齢的には近いだろう。

椅子に座る彼らの前に、ギルファムとともに膝をついた。視線を下げ、言葉を待つ。

何を言われるのか、外国人の自分はどういう目で見られるのか。心配と緊張で心臓がドクドクと騒いだが、杞憂に終わる。

「ようやく来たな、ウォルテガの英雄ギルファム！　お前がおらねばこの祝賀会も始まらぬというに、少々遅刻では？　待ちくたびれて居眠りするところだったぞ！　……はは一ん、さてはその隣の美しい淑女と楽しんでいたな？」

皇帝は想像以上に陽気だった。ギルファムが現れたのを見た途端、両手を広げて――別に抱きつくわけでもないのに――喜んでくれている。おまけに、周囲の取り巻きたちに「ギルファムが来たぞ！」と言いふらしている。見てわかるのに。

「遅刻ではございません、定刻です。それからこの者は、妻のアスリにございます。先日結婚いたしました」

高貴な身分に似つかわしくない下世話な探りをさらりと躱し、ギルファムは淡々と事実だけを告げた。

「結婚？　……結婚⁉　あの『用兵では先手必勝、私生活では激烈な奥手で一生独身まっしぐら』とさえ言われたギルファムが、結婚⁉」

膝をつき、頭を下げたまま皇帝の靴あたりに視点を固定しながらも、彼がギルファムとアスリのことを交互に確かめているところがぼんやりと視界に入った。ここまでされて、沈黙しているわけにもいくまい。

アスリは覚悟を決め、息を吸った。

「お初にお目にかかります。アスリと申します」

マクト家の一員として、堂々と、気品を忘れずに。姑の言葉を思い出しながら、腹に力を入れ自己紹介をした。

これに反応したのは皇妃だった。

「アスリとは、珍しい響きね。それとその桃色の髪……もしやユセヌ公国にルーツが？」

「左様にございます。ユセヌのサデラウラ伯爵家から嫁いで参りました」

アスリはそっと顔を上げた。皇帝皇妃両名とも、目を細めてアスリを見ている。

「そうですか……どうりで懐かしい髪色をしていると。若いあなたは知らぬかもしれませんが、皇帝陛下のおばあ様もユセヌ出身だったのですよ」

ウォルテガ帝国の先々代皇妃とは親戚関係にある。だから先々代皇妃の血を引く皇帝も、アスリの遠縁となる。

だが、アスリとしては口に出すのもおこがましいくらいの遠縁、という認識であり、領地も失った没落貴族サデラウラ家の娘としては、やはり自分から打ち明けることは難しい。

「妻の祖父と先々代皇妃陛下は、従姉弟の関係にあたるそうです」

一人葛藤していたら、アスリに代わりギルファムが打ち明けた。途端に皇帝のそばにいた取り巻きがざわつき、注目が一層強まった。

「何と、祖母の縁者か！　まさか会えるとは思わなんだ。しかも我が国の英雄の妻とは。何らかの縁を感じてしまうな。よう来てくれたアスリ殿、歓迎しよう！」

嬉しそうに破顔する皇帝に、「とんでもないお言葉にございます」と返すだけでアスリには精一杯。遠縁なのは嘘ではないが、糸よりも細い縁でしかないので、恐縮せずにはいられない。

「ギルファムは帝国きってのいい男だが、妥協を知らぬせいでなかなか良縁に恵まれぬでな。ギルファムとそなたが我が祖父母のように仲睦まじい夫婦となることを、心から祈ろう。今宵は楽しんでいってくれ！　……ちなみにどういったきっかけで嫁ぐことに？」

すかさずコラ、と皇妃が喝を入れる。みなが聞いている場で馴れ初めを語らせるなど笑止、と止めようとするが、皇帝は興味津々で目を輝かせている。

答えられないものでもないので、アスリは素直に答えることにした。

「義姉メルテム・シュリーハルシャの紹介により、マクト家に嫁ぐこととなりました」

「メルテム様!?　彼女が紹介を？　それで、あなたの義姉ですって!?」

皇妃が立ち上がった。目玉が飛び出さんばかりに驚くので、その勢いに戸惑いながらアスリは再び頭を下げる。

「は、はい。メルテムはわたしの異母兄の配偶者でございます」

「それはまた素晴らしきこと！　……そう、ギルファム閣下もメルテム様のお世話になったのですね。メルテム様の世話焼きの腕は素晴らしいわ。彼女が成立させた見合いや、収めた夫婦喧嘩は数知れず。何といっても皇太子の婚約者も彼女の紹介なのですよ」

「皇太子殿下の婚約者も!?」

アスリも驚いた。

メルテムの『伝説の世話人』という二つ名は知っていたけれど、ごく限られたうちわの話だと思っていた。しかし皇太子の結婚の世話までしたというのなら、もうそれは『伝説』と呼ばれても致し方ないと腑《ふ》に落ちた。

アスリさん、と皇妃から声がかかる。

「あなたを得たからこそ、閣下のお顔も険がとれて朗らかになられたのですね」

隣に並ぶギルファムを窺った。

彼はわずかな微笑みとともにうん、とアスリに頷いてくれた。たったそれだけの動作が、アスリには嬉しくてたまらない。

「あなたたちがいかに仲睦まじく過ごしているか、表情を見ればわかります。あなたたちと同じくメルテム様が結んだ縁、息子たちもきっとうまくいくと確信が得られましたわ」

皇妃に続いて皇帝も、アスリに言葉をかけてくれる。

「そなたの夫ギルファムなくしては、先の戦争も勝利を得ることはできなんだ。ギルファムは我が国の英雄であり、我が国になくてはならぬ男だ。妻として、そなたがこの男を支えてやってくれ」

何よりもありがたく、力が湧いてくる言葉だ。

（わたしがギルを支える。期待されている、求められている。わたしはギルの役に立つことができる……！）

「ありがたき使命、必ずや果たしてみせます！」

体が震えた。武者震いだ。そんな様子も頼もしいと認められ、アスリは拝謁を終えた。

皇帝夫妻の前から離れると、近寄ってくる者があった。

「ギルファム、そのえらくかわいい淑女が君の？」

茶色い髪を短く刈った男性と、その隣に並ぶのは長身の美しい女性。ウォルテガ人らしい艶やかな金髪には生花が飾られている。

随分砕けた話し方なので、ギルファムと親しい人物なのだろう。

アスリはスカートを摘み、帝国式の会釈をする。

「お初にお目にかかります、妻のアスリと申します」

「お会いできて光栄です。第一騎士団副団長のフランツ・ラハナーと申します。こっちは妻のクレア。あのギルファムが惚気るくらいだ、一体どんな奥方だろうかととても興味があったんだ。かわいくて健気でマッサージが上手で……って」

「勝手に喋ってくれるな」

フランツを諫《いさ》めながらも、ギルファムはまんざらでもなさそうな表情をしている。

ギルファムが団長で、フランツは副団長。上下関係を思わせない親しげな会話からは、二人が互いに信頼し合っている関係なのだと思われた。

「アスリ夫人、ギルファムは仕事ができる。……けどそれは、言い換えれば仕事しかできないってことになる。勝ち戦をするのは誰よりも上手だし、部下の憧れの的だ。だが、女性に関しては奥手でねえ」

「おい、フランツ！」

「まあ黙って聞いていなさいって」

ギルファムの女性遍歴。そういえば聞いたことはなかったな、とアスリは考える。

知りたいような、知りたくないような複雑な気持ちになったが、心構えもできないうちからフランツが勝手に語りだす。

「この男の仕事ぶりを見ていたらわかるけど、妥協ができないんだよね。全部に完璧を求める。だから女性を紹介されても見合いにすら辿り着かないで、釣り書きを一目見ては突き返してばかり。そんな妥協を知らない男があなたと結婚したってことは、どういうことかわかるかい？」

どうぞ、と発言を求められても何も言えないでいたら、彼が勝手に進めてくれた。

「つまり、ギルファムが結婚を決めたアスリ夫人はギルファムにとって完璧な女性かつ、とびきり大切な存在のはず。面倒臭い男だけど、仕事はできるしよく見れば顔はいいしあなたへの愛は本物だし、そんなわけで末長く仲良くしてやってくださいな」

「もちろんです。ありがとうございます」

軽い会話を交わしただけで、ラハナー夫妻は「じゃ」と言ってあっさり離れていった。これからダンスをするのだそうだ。

「いいご友人ですね」

「腐れ縁だ」

面倒臭い男とはどういうことだ、と憤りながらも、やはりギルファムはまんざらでもない様子。嬉しそうな表情に、アスリも笑みが溢れてしまう。

「楽しそうで何よりです。ギルとフランツ様の仲がいいように、わたしもクレア夫人と仲良くなれたら――」

「ギルファム！　聞いたよ、結婚したんだって？　おめでとう！」

話の途中で大きな声に遮られた。

振り返ると、ギルファムよりも大柄な老人がご機嫌な様子で立っていた。

髭も髪も白いのに背はしゃんと伸び筋骨隆々で、ちっとも老いを感じさせない風貌だ。

「ありがとうございますキャンピアン閣下」

彼は第三騎士団の団長マイルズ・キャピアン。隣は奥方だ。――と、ギルファムが耳元で教えてくれた。

アスリは先ほどと同じように自己紹介と挨拶をした。

「随分珍しい髪色ですな。いやあ、かわいらしいお嬢さんだ。孫の嫁にもらいたいくらいだ！」

ガッハッハ！　と威勢よく笑う彼につられて笑いかけるアスリだったが、それよりも先にギルファムがギュッと腰を抱くので驚いてしまう。

「なりません、俺の妻です」

見上げた先にあるギルファムの顔は、眉間に皺が寄って不快感丸出し。

本気にしなくてもいいのに、と呆れる一方で、わかりきった冗談すら聞き流せないほど自分に惚れてくれているのかと思うと、くすぐったさにアスリは頬がにやけそうになった。

「いやあ、めでたいめでたい。戦に勝ち人生にも勝ち、最高じゃないか！　なあ、英雄！」

「先の戦いは周囲の協力なくしては勝ち得なかったものです。糧食の件では閣下にも多大なご負担をおかけし――」

「あぁいい、いい」とキャンピアンが煙を蹴散らすように手を振る。

「わざわざ礼を言われるほどのことではない。同じ国のために戦う者同士、協力くらい喜んでするさ。それにギルファムはこの国になくてはならない人材。老いぼれの我々が若者を助けないでどうする！」

「……恐縮です」

華々しい経歴を持ち、職場では騎士団長として部下に慕われ、年上の者にも期待されているギルファム。

祝賀会に参加して騎士団長としての彼の評価を知るにつれ、そんな人物と結婚できたことがアスリには奇跡に思えてならない。

その一方で、ギルファムだって己にのしかかる期待や責任に人知れず押しつぶされそうになることもあっただろう、とも考える。

（頭痛も肩こりも、精神的なものの影響を受けていたのかもしれない。だとしたら、やっぱりわたしは――）

「飲み物でも取ってこよう。少し待っていてくれ」

「ありがとう」

キャンピアンが去ったあと、ギルファムがアスリに微笑んだ。

いつもの見慣れた優しい微笑み。しかしどうも、この笑顔を見せるのはアスリに対してだけのようだ。キャンピアンにもフランツにも、ギルファムはこんなに柔らかな表情を向けてはいなかった。

(それだけ、わたしには心を許してくれているということ？)

人混みの中へと消えていくギルファムの後ろ姿を眺めていると、アスリに声をかける者があった。

「おや、お一人ですか？」

親しげに話しかけられたので、先ほどダンスをすると去っていったフランツ・ラハナー副団長が戻ってきたのかと思った。

しかしそれにしては声が軽く、案の定別人だった。

ギラギラした柄のジャケットとベストに、首元を飾る豪奢なレースタイ。緩くウェーブした金色の長髪をかき上げながら、アスリに流し目を向けてきた。

(誰？　ギルの知り合い？　なんだか怪し……いえ、先入観で判断してはいけないわ)

さりげなく下がって距離を取り、アスリはドレスの裾を摘む。

「お初にお目にかかります、アスリ・マクトと申します」

帝国式の挨拶をして、軽く頭を下げた。その頭上から、棘《とげ》のある言葉が降ってきた。

「アスリ……マクト？　もう妻気取りでいるのかい？」

「……はい？」

アスリは思わず耳を疑い、聞き返してしまった。

「お嬢さんの国ではどうだか存じ上げないけど、この国では婚約状態の段階で相手の姓を名乗ったりしないんだよ？」

彼の口元に浮かんだ笑みが、まるでアスリをばかにしているように見える。

（わたしを敵視しているのかも。異国に嫁いだのだから、少しは覚悟していたけれど……）

「わたしの母国でも同じです。結婚誓約書の提出は済ませておりますので、わたしがマクトを名乗ることは間違いではございません」

「…………」

アスリが正しく補足をすると、男性のこめかみがピクリと動いた。

「それはそうと、ユセヌから嫁いできたそうだね。マクト卿は美丈夫で将来有望なお方だから、新婚の今は楽しいだろうね。でも、どうせすぐにつまらなくなるさ」

第一印象で人を判断してはいけない。だが、アスリが青年に嫌悪感を抱いたのは、彼と交わした言葉から導き出した彼女なりの結論だ。

「何をおっしゃっているかわかりかねます」

「知らない君に僕が教えて差し上げよう」

そう言って、男がアスリの耳元に口を近づけた。

ヒッと悲鳴が溢れそうになり、反射的に一歩下がった。が、男に腕を掴まれてしまう。

「マクト卿は仕事人間のカタブツだから、女性にとっては猛烈につまらない男だよ。ロマンチックに愛を囁くこともしないし、むしろ愛を知らない可能性だってある。今はよくてもあんな男と一緒に生活していれば、すぐに他に発散場所が欲しくなる」

「……離してください」

「僕ならお嬢さんを飽きさせることはないだろう。気持ちいいこともたくさん教えてかわいがってあげる。特にアスリさん、その体ならかわいがり甲斐もありそうだしね」

頬に男の息がかかり、全身に鳥肌が立った。

「離してください！」

誰に見られても構うものか。むしろ自分は悪くないのだから、見られたって恥じることは何もない。そう考え、掴まれた手を思い切り振り払った。

無事腕が離れると、男はなぜかまた微笑んだ。その表情に一層気味の悪さを感じる。

「ユセヌの貴族出身だって？　あんな遠方の小国の貴族だ、どうせ大したことないんだろうね。もしかして、金目当てで結婚したの？　……っと、つい本音が漏れちゃった」

ああ、とアスリは残念に思った。名も知らぬ目の前の殿方が、自分に敵意をむき出しにしているからだ。

（この方はきっと、ギルのことが嫌いなのね。だからわたしを軽んじて、わたしたちの関係を壊そうとするんだわ。……にしても、あからさますぎる）

マクト家に嫁いだ者として、家門に恥じぬ振る舞いを。それは姑から口を酸っぱくして言われてきたことだ。

だからどの家の者ともうまく付き合っていかねばと心していたのだが、社交界参入一日目にして一筋縄では行かないことを思い知ることになろうとは。

「おっしゃる通り、わたしの生家は大した家ではございません。しかし夫はとても聡明なので、もしもわたしが金目当てならすぐに見抜いて追い返していたことでしょう」

アスリは微笑んだ。向こうがこちらを蔑んでいるからといって、こちらも同じ態度を取る必要はないのだ。

動じないのが鼻につくのか、男の顔から笑みが消えた。

「聡明だと？　金と親の七光りで、たまたま団長になれただけの男が？」

それが彼の本音なのだろう。アスリは悟り、憤りを覚えた。大切な人を貶《けな》されたとあれば、黙っておくわけにはいかない。

「わたしがウォルテガに来る前のことなので、詳しくは存じ上げません。けれど夫は努力の人です。恵まれた環境や才能に驕らず、己にも厳しい人だからこそ、団長としてそこに在られるのではありませんか？」

「……本当にいいの？　いくら仕事ができたところで、面白みのない男だよ？」

「わたしは夫と過ごす時間に幸せを感じています」

「向こうはそう思っていないかも」

「わたしはあなたの言葉よりもわたしの見たもの聞いたものを信じます」

「あのさあ、アスリさ――」

その時、「アスリ！」と呼ぶ声がした。

ギルファムがグラスを二つ持ち、戻ってきたのだ。

「すまない、待たせたな。……それでフロラン殿、俺の妻に何か用でも？」

男からアスリを庇うように、ギルファムが二人の間に無理やり割って入った。アスリに手早くグラスを渡すと、広い背に匿《かくま》ってくれる。

「い、いえ、別に」

「別に、と言うわりには、妻のことが気になるようだな。言っておくが妻はユセヌの名家サデラウラ家出身だ。ウォルテガ帝国先々代皇妃の親戚筋で、つまり皇帝陛下と妻も遠縁ということになるのだが？」

フロランの顔面が色をなくしていくところが、ギルファムの肩越しにチラッと見えた。

「もっもちろん、知っていますよ！　ですから一言ご挨拶をしたく」

声を裏返らせながら取り繕おうとする彼に、ギルファムが意地の悪い笑みを浮かべる。

「そうだったか、それは失礼した。アスリのことを金目当てだ何だと軽率に非難できるのは、妻の生家を知らないがゆえかと誤解していたようだ」

「………っ、あ、ああ、そうだった、用事を思い出しました！　マクト卿、お話の途中ですが失礼させていただきます！」

またも声が裏返ったが、脱兎のごとき逃げっぷりにアスリもギルファムも指摘しそびれてしまった。

もっとも、そんなことはどうでもいいのだが。

「アスリ……すまない。俺が離れたばっかりに」

「いいえ、とんでもない。こうして助けに入ってくれたではありませんか」

「少し会話が聞こえてきたがあの男、随分俺を嫌っているみたいだな」

彼の名はフロラン・ゴッドシャルク。第二騎士団副団長コンラート・ゴッドシャルクの息子なのだとギルファムは言った。

フロランも一時期騎士団に所属していたものの、問題を起こし早々に退団し、それからは親の金で遊び歩いているらしい。

「いろんな人がいますから仕方ないです。全員に好かれようなんてどだい無理な話ですから」

気にしなくてもいい、とフォローすると、ギルファムはうん、と頷いた。

「究極のところ、俺はアスリに好かれてさえいればそれでいい」

背を丸め、ギルファムの綺麗な顔が迫ってくる。金色の長いまつ毛が伏せられ、白い頬に影が落ちる。その様を眺めていたら、止めるのを忘れてしまっていた。

唇がちゅっと触れ合って、啄むようなキスが続く。

(ひ、人前なんだけど……どうしちゃったのかしら？　そりゃお屋敷でも、使用人の目お構いなしで愛情表現をしてくるけれど……)

「あ、あの……また、見られてます、よ……」

「別にいい。見たい者には見せておけ」

会話の間にまたキスを落とす。

恥ずかしさに、アスリは顔が真っ赤になる。

「ありがとう。面白みのない俺と過ごす時間を、幸せだと言ってくれて」

「……聞いていたんですね」

「盗み聞きするつもりはなかったが、聞こえたんだ。……ありがとう、愛しているアスリ。あなたが愛しくてたまらない。今すぐ抱きしめてむちゃくちゃにキスしたい」

「すでにキスしているじゃないですか」

こそばゆいような、恥ずかしいような。

煌めくシャンデリアの下で眩い笑顔を見せつける夫は、アスリの目に誰よりも輝かしく映った。

3

アスリをダンスに誘う者もいたが、新婚ホヤホヤであることを理由に彼女を独り占めしたいギルファムが断った。

そういう彼はアスリとともに何曲踊ったか知れない。一曲踊っては休憩し、また踊っては休憩し……。

喉は渇いていないかとか、靴擦れは起きていないかとか、細々と世話を焼いてくれるギルファムとともにいたら、あっという間に時間は過ぎた。

深夜、屋敷へと駆ける馬車の中で、二人は手を繋いでいた。

「こんなに舞踏会を楽しく思ったのは今日が初めてだ」

「わたしは舞踏会に参加すること自体、今回が初めてでした。でも、ギルのおかげでわたしもとても楽しかったです」

舞踏会へ向かう時、ギルファムはアスリの前に対面して座っていた。

しかし帰りは隣。この距離ならば、すぐにキスができるから。——ということだと、アスリは密かに思っている。

その証拠に、目が合うたびにギルファムから熱いキスが降ってくる。しかも一回が長い。

たかがキス、されどキス。

こんなにも何度も接触していると、頭のどこかが緩んでしまうようだった。

頭どころか体中が熱を帯び、普段の自分では決して言わないようなことも口走ってしまいそうになる。

だから目を合わせぬようにしていたのに、ギルファムはお構いなしに頬にこめかみにとキスを落とし、まるで『こっちを向いてくれ』と言わんばかりの猛攻を仕掛けてくるのである。

「あ、あの」

「なんだ?」

キスの合間に口を挟むと、キスの合間に返答があった。

「今日のギルは、なんだか……」

「いつもと違う?」

肯定し頷くと、そうだな……とギルファムが語りだす。

「気分がいいんだ。高揚しているのかもしれない。あなたを妻として紹介できたし、こんなに美しい姿も見ることができた。アスリのことが誇らしくて、愛しくて、胸が詰まって

「……っ」

想いを言葉にすることができず、代わりに行動で示すように、ギルファムがアスリを抱きしめた。

「アスリありがとう、俺の元に来てくれて。あなたを愛している。あなたの夫になれたことが、心から嬉しい。今すぐにでも踊りだしたいくらいだ」

「さっき散々踊ったのに？」

こんなに陽気なギルファムを、アスリは見たことがなかった。

紅潮する頰、深夜なのに爛々と見開かれた目。

全身から幸せオーラが立ち上っている。

「踊り足りない。体が飢えてる。アスリが欲しいと叫んでいるようだ」

「わたしが欲しいと……――」

馬が嘶《いなな》き、馬車の進むスピードが落ちた。他愛もない会話をしているうちに、屋敷に到着したようだ。

深夜のせいもあって、出迎えたのは執事とメイドのカーリンだけ。

ギルファムとはまたあとで、という会話を交わして一度別れ、寝支度を整えてから寝室にて合流した。

二人とも、いつもの寝間着姿だ。真っ白なシャツと真っ白なナイトドレス。特別なことは何もない。

にもかかわらず、今日に限ってはソワソワした。直前に、ギルファムから『アスリが欲しい』と言われたせいだろう。

脳天気な笑顔を取り繕い、ベッドに乗りながらアスリは告げる。

「今日は楽しかったけど、それと同じくらい疲れましたね。さあ、どこからほぐしましょうか？」

ところがギルファムは首を振った。

何も言わず、アスリの手を握る。指の形を確かめるように触れ、指の間に指を入れ、艶かしく絡ませた。

その感触がなんだかとても蠱惑《こわく》的で、脈がだんだんと速くなる。

「あの……ギル？」

「すまない」

何が起こるのかと見守っていると、脈絡もなく謝罪された。

続けてギルファムはアスリの首に手を回し、後頭部を固定してアスリに濃厚な口づけを施す。

「以前告げた言葉を撤回させてほしい。初めては結婚式の夜に……とかいうやつだ。もうこれ以上我慢が難しい。早くあなたを俺のものにしてしまいたい」

すぐそこにあるギルファムの瞳。深海を思わせる青い色をしているのに、静かな炎が揺らいで見えた。

その炎に温められて、アスリも頬が火照っていく。

「っていうのは、つまり……」

後頭部にあった手が、首筋を撫で鎖骨に触れた。中指の先がアスリの肌の上を滑り、恐る恐る胸の谷間を進んでいく。

そのささやかな感触が、ささやかすぎて辛い。

繋いだ手が持ち上がり、甲にちゅっとキスが落ちた。

恭しく、騎士が姫に施すように。

「あの男の言っていた通り、俺はこれまで仕事一辺倒で生きてきた面白みのない男だ。女性を喜ばせる言葉も贈り物も知らない。なのにアスリは俺と過ごす時間が幸せだって？　そんなことを言われたのでは、我慢できるわけがない」

二度も話題に出すなんて、よっぽど嬉しかったのだろう。静かに耳を傾けていると、ギルファムが正面に迫った。

「アスリを抱きたい。胸の内で滾《たぎ》っている想いをあなたに伝えるには、きっとこれが最良の方法なんだ。少なくとも、今の俺にはそれしか思いつかない」

彼は待っている。アスリの許しを。受け入れる、という言葉を。

「ギル、わたし……」

「俺はあなたを尊重する。もしもアスリが拒むなら、無理強いはしない。俺を愛す決心がつくまで、今度こそ静かに待とう」

その優しさが愛しかった。

アスリは背伸びをし、ギルファムに自分から口づけした。照れ隠しにちょっと笑って、固まっている彼に告げる。

「拒むわけないわ。だってわたしもあなたを愛しているもの。前にそう言いませんでしたか？」

「い…………いや。聞いていないが」

「言いましたよ、帰るなりわたしを愛しているとおっしゃってくださった日、わたしもあなたを大切に想っていると」

「……あれが『愛している』という意味だったと？」

どうやら伝わっていなかったみたいだ。はっきりとその言葉を使わなかったから。

「はい。だからわたしは――」

念押しするよりも早く、ギルファムに押し倒されてしまう。顔の両脇には彼の腕が、脚の間には彼の脚が。

「大切にする。あなたは俺の最愛の人だ。欲求不満だからこんなことを言いだしたのではない。性欲解消にあなたの体を使いたいのでもない。いっそ俺が気持ちよくなれなくてもいい、アスリと全てを共有したいんだ。こんな感情初めてで制御の方法すらわからないが、俺は、だから――」

ギルファムの唇に人差し指をちょんとつけると、彼の動作が止まった。

その隙にアスリが口を挟む。

「難しく考えなくても」

「……だな」

感情を伝えるのに言葉では不十分だったから、体を使おうとしているのだ。

お互いの同意が得られているのに、これ以上言葉で伝えようとする必要はない。

アスリの言葉にギルファムも頷き、ようやく夜が始まった。

……とは言っても、夜の房事に関してはアスリは全くの素人。ギルファムに与えられるものを、受け入れ受け止めるだけで精一杯。

「っふ、…………、」

唇を重ねて舌と戯れていると、ギルファムの手が動き始める気配がした。布越しに体を弄《まさぐ》り、そのうち肩紐がずらされて、乳房が手のひらに覆われた。

「ふあ……っ」

彼の手のひらの中で、己の乳首が硬くなっていることがわかる。先端が皮膚と擦れ、ツンとした切ない刺激に思わず声が漏れた。

「アスリ……ずっとあなたに触れたかった」

（ギルは我慢していたと言ったっけ。ならば今日は、思う存分わたしを触ってくれたらいいな）

アスリはギルファムを抱きしめた。逞しい背中に手を回し、体が密着するようにきゅっと力を入れて締める。

「ギルの好きなだけ、好きなことをして」

「ア、アスリ？　どうしてあなたは、そんな……っ！」

何かが振り切れたギルファムは、首筋に嚙み付き、吸った。一つ赤い痕ができたら、位置をずらしてまた吸った。

その動作を繰り返し、アスリの体に次々と愛の印が刻まれていく。

キスマーク自体は特に気持ちがいいわけでもなく、むしろ時間がかかるから面倒だ。にもかかわらずギルファムが執着して付けたがるのは、独占欲に他ならない。

アスリもまた、うっとりしながらその行為を受け入れていた。

これはギルファムに愛されている印であり、必要とされている印なのだ。そう思うと、とても心が満たされた。

首周りにあらかた跡をつけ終わると、口づけの位置が少しずつ下りていき、胸の膨らみに差し掛かった。

ここにもキスマークが施されるのだろうか、とアスリがぼんやり考えていると、ギルファムが先端をパクッと口に含んでしまった。

「っえ⁉　ギル、どうし……んん、あ、そ、それ……っ」

子の作り方はアスリも何となく知っている。だが具体的にどうやって交わるのか、どんな準備が必要なのかはわからない。

ギルに身を任せればいい。彼ならばきっと知っていて、わたしをうまく導いてくれる。

――そう思っていたからこそ余計、どうして乳首を咥《くわ》えるのか、アスリには意味がわからなかった。

「あぅ、はあ、ギル……噛まないでぇ……ん、コリコリするのも、やぁっ」

妻の困惑など知らず、ギルファムは執拗にそこを攻めた。

赤子のように乳を吸い、先端を甘噛みし、時折舌全体を使って乳輪をなぞるように舐《な》める。

と同時に反対の乳房にも気を配った。丸みに沿って手を添えて先端を爪の先で擦り、摘み、指先が沈み込むまで揉んで柔らかさを味わった。

「いい反応だ。もっとかわいくなってくれ」

胸の先を攻められ続けると、体の奥に何かが溜まっていくような不思議な感覚が生じた。

じんわりしてドキドキして、悩ましいのに中毒性がある心地よさ。

無意識に太ももを擦り合わせると、間にあるギルファムの脚をどうしても挟んでしまう。これではまるでギルファムを求めているようだが、そうせずにはいられない。

ギルファムもそれに応えるように、アスリの脚の付け根にぎゅっと下半身を押しつけた。

（ギル……すごく硬い。硬いけど……な、長い？　え、長すぎない？　これをわたしに使うのよね⁉）

はっきりと目で確認したわけではない。体にぶつかる感触だけでギルファムの全長を感じただけだ。

にしても、大きすぎるのではないか。

突如芽生えた心配事のせいで、アスリはギルファムのそれをできるだけ正確に把握できないものかと、自ら体を捩《よじ》って接触した。手で直接触ることは度胸が足りずできないので、太ももの位置を変えたり腰を突き出して己の下半身を擦りつけ、できうる限り全容を把握しようと試行錯誤を繰り返した。

ところがそれらの挑戦は、ギルファムには別の意図に取られてしまう。

「もしかして、もう欲しくなったのか？」

「欲し……え、えっ」

胸を愛撫していた大きな手が、すすーっと腹の上を滑った。肋骨を越え臍《へそ》を越え、下着の中へと入っていく。

「あ、ああっ‼」

止めることもできないまま、ギルファムの指が秘所に到達した。

割れ目に沿って体表を滑り、その刺激にアスリは背をしならせ、甲高い声を上げた。

「あぁ……こんなにも濡れて。なんてかわいいんだ。かわいい。アスリ、俺の妻、最愛の人……どうしてこんなにかわいいのだろう」

ギルファムは『かわいい』を連呼しながら、感慨深そうな微笑みを浮かべアスリのぬかるみと戯れている。

「……この下着が邪魔だな。よく似合っているからこのままでもよかったのだが……可動域が狭められてしまうから。やはりアスリには最大限楽しんでほしい」

アスリが「ああっ」とか「うんん」とかいう支離滅裂に喘《あえ》いでいるのをいいことに、ギルファムはリボンを引っ張りショーツを取り去ってしまった。ちなみに、ナイトドレスは上半身を攻めながらすでに脱がし終えている。

ギルファムはアスリの隣にゴロンと横になり、添い寝しながら秘所に触れた。

「さあ、これでアスリに存分に触れられる」

さっきまでも好きなように触れていたので、仕切り直しという意味だろう。

「っあ、ギル、そこ、そこだめ、うあ……っは、ヌルヌルしてて……」

「そう、ヌルヌルだからいいんだ。こうしてしっかりほぐす必要がある」

説明を早々に切り上げて、ギルファムが再び乳房に食らいついた。

ちゅうっ、ぴちゃぴちゃ、と音が響く。

唐突に増えた刺激の量。アスリは冷静に対処することもままならず、口からは嬌声がとめどなく溢れた。

（あ……何、この感覚……なか？　何が起こって……？）

ところがその快感の陰で、別の何かが始まっていることに気づく。痛みはないが特段気持ちいいわけでもなく、だからこそ余計その違和感に困惑する。

「アスリ、わかるか？　今、指が入った」

「……え？　ギルの指がわたしの……んぁあう⁉」

ギルファムは圧倒的に攻め気質であり、アスリの顔を歪ませることに深い愉楽を覚える性質だったようだ。

あるいは、この実践を通して目覚めたか。

息をつく間もないままに、アスリは悲鳴にも似た喘ぎ声を上げた。興奮によりぷくっと膨らんでいた陰核が押しつぶされ、落雷に近い衝撃が走ったのだ。

「ギル……ギルっ⁉　なにそれ、すごく……っあ、やあ、待っ――」

「待たない。気持ちいい？　あなたのその顔、とてもかわいい」

全身からすればほんの一パーセントにも満たない表面積のそこはひどく繊細なようで、どこよりも強く鋭く敏感だった。

ギルファムの親指の腹が、その一点を擦っている。それと同時に中指が抜き差しされ、膣壁を内側から撫でている。

（指を入れられるだけなら何も感じなかったのに、動かされると……気持ちいい）

アスリは激しい呼吸を繰り返し、顔も真っ赤になっていた。

異性に肌を晒《さら》すことはこれが初めての機会だったし、秘所に触れられることも初めての経験だ。

だからとてつもない羞恥に襲われたが、彼女を襲う衝動や激情はもちろんそれだけではない。

「あぁ、ギル……ギル……はあ、ああ……たすけて、わたし、どうにかなってしまい、そう……っ」

恐怖からか、ギルファムの首に腕を巻きつけて縋《すが》りついた。キスをねだり唇を重ね、吐息を感じながら舌を急いで絡ませた。

「大丈夫、ここにいるから。何も心配しなくていい。だから――」

恥骨の裏のざらざらしたところ。あるいは、割れ目の付け根にある陰核。

まるでアスリの体の隅々まで知り尽くしているかのように、ギルファムの指は的確に攻め続ける。

抜き差しされるリズムも、陰核をトントンと叩くリズムも、これ以上ないほどアスリを追い詰めていく。

「あぁだめギル……我慢できな、い……っ‼」

大きく息を吸って、ギルファムにしがみつく。汗も汁も気にしない。己の中にある光を摑まんと手を伸ばすように、目を瞑り耳を閉じ、感覚を研ぎ澄ませた。

そうしてアスリはギルファムの導きのもと、初めて達したのである。

「っは、はあ……はあ……」

収縮と、弛緩。波が過ぎ去ったあと、アスリの全身から汗が噴き出した。と同時に途方もない疲労感に襲われて、ベッドの上にだらんと体を投げ出した。

「わたし……いま、何が起こっ……？」

朦朧としながらギルファムに尋ねた。

彼はうっとりとした笑みを浮かべ、アスリの額にキスを落とす。

「快感が頂点に達した時に起こる生理現象だ。そう簡単に会得できるものではないが、とても上手だった。アスリには才能があるのかもしれない」

「才能……」

（わたしが上手だったというより、ギルが上手だったのでは？）

今まで味わったことのない、とんでもなく突き抜けた悦楽と、達成感。

ぼんやりとそれらを頭の中で回想していたところ、おもむろにギルファムが動きだした。体を起こし、ベッドの上を移動する。

「次は俺がアスリを求めても？」

指を挿入しただけでは、それを性交とは呼べない。子も産まれない。

ギルファムの手がアスリの膝裏にかかった。いよいよだ、とアスリは悟った。

「たくさん。思う存分、どうぞ」

(ギルが好き。欲しいものはなんでもあげたい。わたしにあげられるものは全て)

ギルファムはガウンのリボンを解き、荒々しく脱ぎ捨てた。現れた肉体はとても美しく引き締まっていて、アスリは当然のごとく見惚れた。部屋が暗いせいで細部までは見えないが、だからこそ影がかかってことさら妖艶に映った。

(こんなに完璧な体と、今からわたしは……。どうしよう、緊張してきた)

念のため、腰から下は見ないように意識した。具体的な大きさを知ってしまったら、恐怖が先立つかもしれないと危惧したからだ。

ドキドキしながら待っていると、ギルファムが己の顔の横に手をついた。体重を移動させながら片方ずつ肘をつき、体と体を近づける。

「……あ」

胸が当たった。太ももも下腹部も当たっている。

「愛している、アスリ。俺がアスリを手放すことは一生ないと知っておいてくれ。あなたは俺の最も大切な財産。かわいい。……かわいい。もう、それ以外ないな」

ギルファムの声に、耳から脳を撫でられているような錯覚に陥った。ゾクゾクとして、ときめいて、何をされても許したくなってしまう。

ツン、とささやかに秘所に宛てがわれたそれは、最初は触れているだけだったのに少しずつアスリの秘肉を押し、奥を目指し始めた。

「……っ、きついな」

「無理しないで。でも、やめてほしくない」

「やめない。やめるわけがない。……こんなに幸せな時間を、俺が放棄するわけが」

指を入れられた時に似た違和感。しかし指と性器では質量が異なり、どうしても痛みが伴った。

「んん……」

（やっぱり、大きい。指なんかとは比べ物にならないくらい……）

眉間に皺を寄せ唸ると、すぐさまギルファムが反応する。

「アスリ……すまない。あと少しだけ我慢してくれれば、もう」

コクコクと頷き、そのまま夫に身を任せた。

体の中のどのあたりにギルファムが入ってきているのか、明確にわかるわけではない。そこにあるのは違和感、異物感、傷口を押し広げられるような痛み。

「――っ。入った。アスリ、これで全部だ」

だが、ギルファムの感慨深そうな表情を見たら、アスリまでもとても満たされた気持ちになった。

(繋がった。これで名実ともに夫婦となれた――)

「きついですか?」

「きついが、癖になるきつさだ。……それよりアスリはどうなんだ? 痛みとか――」

「幸せです」

ふはっとギルファムが噴き出す。

「そうだな、俺も幸せだ。ありがとうアスリ。愛してる。愛とは素晴らしいな」

抱き合い、晴れて結合できた感動をしばし二人で分かち合う。汗ばんだ肌をくっつけて、肌ごしの心音に耳を傾け、呼吸のリズムを揃えた。

「………動いてもいいだろうか?」

「ええ、もちろん」

アスリに配慮しながら、ギルファムが腰を引いた。

ずるりと何かが出ていく感触に、アスリは寂しさを覚える。しかしすぐにまた中が満たされ、圧迫感に声が漏れた。

「っん、あ、……っふ、ギル……ん、ん」

前戯で慣らされていたおかげか、幸いにも痛みはすぐに去った。

アスリの顔が歪む原因が苦痛でないことを悟ったギルファムは、抽送の速度を上げていく。

「よく濡れている。俺の妻はかわいいな、こんなに濡らしてくれるなんて」

「ギル、速い、すごい……っあ、待っ……、擦れて、ん、んあっ」

ギルファムが上手だったのか、よっぽど相性がよかったか。早々にアスリはこの行為に快感を覚え始めていた。

愛液が溢れ、滑りがよくなり、ギルファムが立派な全長を使いアスリを思う存分にいたぶる。呼応するようにアスリも乱れ、甘い声で喘ぐ。

「ギル……、ギル、また来ちゃう、大き……のがっ」

「気持ちいいのか?」

必死で何度も頷く。一回だけでも伝わるのに、どれだけいいのか力説するように、コクコク、と頭を上下に何度も振った。

もっとも、これだけとめどなく愛液が溢れているのだから、アスリが感じていることをギルファムが気づかぬわけはないのだろうが。

「いい、すごくいい、あぁ……ギルのが中……いいところに……ん、んん、はぁう……」

「アスリ、先ほどと同じようにイこう。今度は俺も一緒だ」

ストロークが大きく大胆になり、一度の往復で生まれる愉楽の量が増えた。急斜面の山道を駆け上がっていくように、アスリの興奮もあっという間に高まっていく。

ギルファムに抱きつくアスリ、アスリに抱きつくギルファム。決して離れないように。何者も入り込めないように。

そして、ギルファムがずん、と最奥に楔を打ち込んだのと時を同じくして、アスリは二度目の絶頂を迎えた。

くてっと脱力するアスリの上に、ギルファムがのしかかる。体重の全てをかけているわけではなさそうだが、まるで彼も脱力したかのよう。

胸に直接伝わってくるギルファムの心音は、己のものと同じくらいかそれ以上に速かった。背中は汗ばみ、荒い呼吸を繰り返している。

「――ギルも？」

アスリの頬にキスを落としてから、ギルファムが顔を上げた。こめかみのあたりから汗の雫が垂れている。

「ありがとうアスリ。俺も達した。あなたの中に子種を注ぎ込んだ」

「そう、ですか……」

アスリは己の腹に意識を集中させてみた。しかしそんなことで体内で何が起こっているのかわかるはずもなく。

（そういえば、わたしの中でギルが痙攣《けいれん》していたような……。あれがその合図？）

「嫌か？　俺と子を設けるのは」

考え中のぼんやりとした表情を、彼は誤解したようだ。先走って傷ついたような瞳を向けるギルファムに、アスリは首を振り否定する。

「そうじゃないんです、こんな経験初めてで……不思議なんです。わたしを愛してくださる方がいることも、いつか家族が増えるかもしれないということも」

一年前のアスリには、これほどまでに満たされた未来は到底思い描けなかっただろう。過去を後悔している点は変わらないのに、まるで神から赦しを与えられたみたいに、多幸感が全身に行き渡っていた。

（こんなに幸せでいいのかしら。あとで反動があるのでは？　ギルには『不思議』と言ったけど……実際は――）

「怖い？」

「……す、少し」

心を読んだかのような質問。

正直に答えると、ギルファムが額をコツンとくっつけた。乱れた金色の前髪が顔に当たってくすぐったい。

「大丈夫だ、アスリを一人にはしないから。俺がいるだろう？　一緒に歩んでいけばいい」

夫婦なのだから。言葉に出さずとも、ギルファムにそう言われた気がした。

「そうね、ありがとう。今日こうやって体を繋げたことで、ギルのことがもっと愛しくなったわ。……愛しています、ギル」

「嬉しいな、俺も同じだ。愛しているアスリ」

ちょっとだけ勇気を出して直接的な愛の告白を試みた。

喜んでくれるかな、と期待してのことだったが、思いの外ギルファムは驚いてはくれなかった。

その代わりニヤッと笑い、アスリの太ももを抱え――。

「ふぁ⁉　あん、やぁっ……待って？　ま……また⁉」

「まさかこの程度で終わるとでも？」

絶頂を迎えたあとも、ギルファムとアスリは繋がったままだった。とはいえ、一度射精をしているのでギルファムのそれは硬度を失っていた。

……はずが、恥骨に恥骨を擦りつけるように全長を奥へと押し込むと、アスリの中で再び膨張し始めた。そして何事もなかったかのように、抽送が再開されたのである。

「あぁ、でも、……んっ、子種を注ぎ込んだってさっき言って……？」

二度も達したアスリ。ほぐされるどころか敏感になったそこは、わずかな刺激も容易く拾うようになってしまった。

体が出来上がっているせいか、すでに三度目の絶頂が近い。

「なぁアスリ、いつ子ができてもいいように式の日取りを早めようか」

「それってどういう……ぁ、ん、んん、あぁう、奥っ擦れて――」

「もう今後は我慢しない。毎晩アスリを抱くだろう。だから、そういうことだ」

「そういうこと……ああっ、ギルそれっそこ、だめぇ、乳首嚙んじゃ……――」

（そういうことって、どういうこと？　どういうこと――!?）

脳が勝手に快感を拾う。これ以上の理論的思考は今のアスリにはできなそうだ。


「――失礼します。旦那様、奥様。起床の時間にございます」

「んはっ!?」

翌朝、凛としたメイドの声にアスリは起こされた。

舞踏会から帰ったあと、さんざんギルファムと睦み合った。

しかし始まりは覚えているが、終わりは覚えていない。気づいたら眠っていたようだ。

（というか……終わってないのでは？）

全裸のアスリの背後には、全裸のギルファムがぴたりとくっつき眠っていた。彼の逞しい腕はアスリを逃さないとでも言うかのように、彼女の腹に巻きついている。

　そして何より、睡眠中にもかかわらず、ギルファムとアスリはいまだ繋がった状態だった。

（しかもしっかり硬い……男性器ってどうなっているのかしら）

　引き抜こうともがいてみるが、ギルファムの拘束は無意識なのにとてもきつく、ちょっとやそっとでは腕の中から抜け出せない。

　そうこうしている間にも、カーリンの靴音が近づいてくる。

　このままでは最中のシーンを見られてしまう。幸いなことに下半身は肌掛けで隠れているものの、密着具合からその下で何が起こっているか、容易くバレてしまうだろう。

「っギル！　起きて、起きてください！　朝です、カーリンが起こしに来てくれましたよ！」

　そこでアスリはいっそ、ギルファムを起こしてしまうことにした。働き者の夫の睡眠を妨げることはできるだけしたくなかったが、今回に限り背に腹は代えられなかった。

　早く起きて。カーリンがベッドを覗く前に！　と願いながら、ギルファムの腕をぺちぺちと叩く。

「ん……アスリ……朝か？」

　むにゃむにゃと起き、まずギルファムはアスリの首筋にちゅっとキスを落とした。まだ寝ぼけているようなので、頭が早く動くように状況を説明する。

「そうです朝です！　起こしてごめんなさい、でももう時間的に……………あっ？」

起こしたはずのギルファムは、寝返りをうつようにアスリの背中に体重をかけ、彼女ごとうつ伏せになった。アスリが下で、ギルファムが上。もちろん下半身は繋がったまま。

アスリは嫌な予感がしたが、もう遅い。彼が腰を引いたかと思ったら、次の瞬間には数時間ぶりの抽送が始まったのである。

幸か不幸かお互いの体液ですっかりぬかるんでいたおかげで、一ストローク目から極上の快感が押し寄せてきた。体中から力が抜け、この状況に甘んじたくなってしまう。

「だめぇ、待っ……てギル、……っ、ふ、ふぅ、…………カー、リンがっ」

どんどん近づいてくる足音。行為どころではないのに、勝手に脳が気持ちよくなる。

「カーリンはいい。俺のことだけ考えてくれ」

先ほどよりも状況は悪化した。アスリの体にギルファムが乗り、腰を前後させている。

(こんなことなら繋がったままでも仲良く並んで寝ているほうがよかった……！)

「だからギル……く、ふ、はぅ……………見られ、ちゃ――」

「旦那様、奥様、お目覚めの時間で――」

ついに恐れていた事態となる。ベッドに人影がかかり、恐る恐る見上げるとアスリはカーリンと目が合った。

「…………」

「…………」

固まる女二人。弁解の余地はなく、言葉もない。

「アスリ、よそ見をするな」

「……っ!?」

間に割って入ったのはギルファムだった。アスリの視線の先に現れたかと思うと、キスをして視界と口を封じたのだ。

「カーリン、下がれ。朝食は一時間後にここへ。今日は一日どこへも行かずに過ごす」

「……承知しました」

事務的な会話を済ませると、カーリンは何事もなかったかのようにすうっと寝室を出ていった。

（こんな場面を目撃されていながらも、平常心が保てるの!?　確かにギルはキスにしたって誰に見られても平気そうだけど……その前に、『今日は一日どこへも行かずに過ごす』って……まさか一日中ベッドの中ってこととは違うわよね、まさかね!?）

残念ながらそのまさかだった。

初夜の翌日――当日、とも言える――からアスリは、足腰が立たなくなるまでギルファムにしっかりこってり愛されたのであった。

4

舞踏会後、ギルファムは珍しく五日間の休みをとっていた。

舞踏会の日にアスリと初めての夜を過ごす、とあらかじめ決めていたからではなかったが、休みのおかげで結果として、心ゆくまで妻を愛することができた。

そして休み明け。

「マクト団長、お疲れ様です！」

詰所に顔を出すと、いつもの通りに部下が一斉に挨拶した。起立し姿勢を正し、敬礼の姿勢をギルファムに向けている。

服装、髪型、指の向き、足の角度。一通り見回し問題ないことを確認してから、ギルファムも敬礼を返す。

「貴殿らも、お勤めご苦労」

ギルファムが敬礼した手を下ろすのに合わせ、彼らも手を下ろし、それぞれ元の職務に戻る。

それで終わりのはずなのに、今日は少し違っていた。

彼らの視線はギルファムを注視したままで、何か言いたそうにしているのだ。軽く眉間に皺を寄せ、用があるなら言えと促してみる。

するると、彼の前に並んだうちの一人が大きな声で告げる。

「マクト団長、ご結婚おめでとうございます!!」

仕事には決して妥協しない高潔さと、鍛え抜かれ洗練された体軀、氷のような冷たい眼差し。

それらを併せ持つギルファムは近寄りがたいと怖がられることも多々あった。

しかしながら部下からは理想の上司として好かれており、『近寄りがたいが近づきたい』という相反する思いを抱く団員も非常に多く存在していた。

先の祝福の言葉も、その表出の一つだ。尊敬し、信頼している上司を一言だけでも祝いたい。上司の幸せを祈っていることを知ってほしい。——という、彼らなりの気持ち。

「ありがとう。結婚式はまだ先だが、都合が合えば君たちにもぜひ参列してほしい」

そう言ってギルファムは微笑んだ。

眉を吊り上げ、口を一文字に引き結び、仲のいいフランツ副団長と会話する際でさえも笑うといえば「フッ」とか言って口の端をわずかに動かすくらい。そのギルファムが、部下に向けて微笑んだのである。

これまでの彼なら、建前上礼を言うだけに終わっていた。

しかし今は違う。

最愛の妻と晴れて結ばれたことにより、ギルファムは過不足なく満たされていた。だからその幸せな気持ちが、言葉や表情となって出ていたのだ。

これには一同が目をひんむいて驚いた。

詰所奥にある事務室へ入ると、副団長のフランツが事務官と打ち合わせをしていた。ちょうど終わったところのようで、軽い敬礼を交わしたあと親しげに話しかけてきた。

「やあギルファム、ようやくのお出ましですか。さぞかし休暇を満喫したんだろうね、ツヤツヤしている」

新婚というだけでも猿のように四六時中交わっていたい時期だろう、と邪推されて当然なのに、ギルファムの場合は妻のアスリにベタ惚れなのだ。

しかもそれをフランツも知っているのだから、邪推というかそれは単なる事実の確認でしかない。

ギルファムもギルファムでフランツの冷やかしに動揺することもなく、いつもの調子でさらりと告げる。

「これほど長期休暇を取ったのは初めてだったが、お前の言う通り堪能させてもらった。感謝する」

完全に開き直っているギルファムに、当てが外れたフランツは肩を落として悔しがった。

「……そうだった、君はそういう男だったよね。祝賀会でも誰が見ていようがお構いなしでちゅっちゅして……。ごちそうさまです、俺の目論見が甘かったよ」

『仕事人間』『カタブツ』と揶揄されてきたギルファムがアスリに夢中になっている様は、あっという間に噂となって広まった。

だからフランツが現場を目撃しそびれていても、容易に知ることができたのだ。

「俺の休暇中に何か変わりはなかったか？」

「平和なものだよ、本当に。唯一の変わったことといえば、君の結婚を知った奴らが奥方のことを知りたがったくらいかねえ。もちろん当たり障りのないことしか伝えていないけどね」

アスリが先々代皇妃の親戚筋であること、桃色の髪を持つ可憐な女性であること。

妻にベタ惚れするあまり、ギルファムはアスリを世界中に自慢して回りたいくらいの気持ちを抱いていたので、フランツが噂を広めるのに一役買っていたとあっても怒らず、むしろまんざらでもなかった。

（俺の妻を奪おうとする者は誰であろうと厳罰に処す。だがせめて、噂くらいは許してやろう。素晴らしい女性だから、羨ましくてたまらないだろう！）

フフン、と誰にともなく勝ち誇りたいのを抑え、ギルファムは眉間に力を入れながら尋ねる。

「他人の妻などこの先どう関わるわけでもなかろうに、そんなに知りたくなるものか？」

面倒臭そうに言ったのは、フリだ。大の大人がなりふり構わず妻自慢をすることがいかに滑稽なことか、ギルファムはギリギリ理解していた。

演技だと知ってか知らずか、フランツがそれに乗る。

「そりゃそうでしょう。だって、ずっと独身を貫いてきた孤高のカタブツ、マクト団長がある日突然外国人と結婚したんだよ？　そこに至る経緯と、妻の座を射止めた女性がどんなものか、みな値踏みしたくてたまらないのさ」

「貫きたくて独身を貫いてきたわけではないが……」

大切な妻に、何も知らぬ他人が値段をつける。胸糞の悪い話だが、アスリならどれだけの高値がつけられたとしても足りない。

そもそも誰かに譲るつもりも売るつもりもないので、非現実的な話だと片付け、苦笑いで流すことができた。

「ついでに聞いたよ、ゴッドシャルク卿のドラ息子の話」

ゴッドシャルク卿のドラ息子といえば、第二騎士団副団長コンラート・ゴッドシャルクの息子、フロラン・ゴッドシャルクのことである。舞踏会の夜、ギルファムのいない隙にアスリに近づき誘惑しようとした男だ。

しかしアスリが靡《なび》かないとわかると手のひらを返して見下して、挙句ギルファムに睨みつけられてすぐに退散していった腑抜け。

「災難だった。まさか俺が離れた一瞬の隙をついてくるとは」

「アスリ夫人が絡まれたそうだね。僕が楽しませてあげる〜とか言ってたんだって？　笑えるよなあ、アスリ夫人と君の間のどこに、自分が付け入る隙があると思えたんだろうかね。思い違いも甚だしい」

ギルファムとしてはフロランを敵と認識しているものの、その一方であの男の言葉をきっかけにアスリとの仲を進展させることができたのもあって、ほんの少しだけ感謝に近い気持ちもあった。

本当に、本っ当にほんの少しだけだが。

「俺が常に目を光らせておけばいいだけだ」

「そりゃそうだけどね。あの臆病者ゴッドシャルク卿の息子だ、父親に似て臆病で、何かしようにもお目当てが一人になった隙にちょっかいをかけるくらいしかできないだろうし」

フロランの父コンラートは第二騎士団副団長の任にあるが、何かを成してその座に上り詰めたわけではない。伯爵という爵位により、入団当初より高官の席が約束されてはいたものの、それが全てでもない。

ではどうしてと聞かれたら、彼はただ、何もしなかっただけだ。

有益なことも、無益なことも、殉職もせず怪我を負って退役するでもなく、汚職にも手を染めず誰かを贔屓《ひいき》するでもなく。

欲を出さず――出せず――、『やれ』と命令されたことも最小限しかしなかった。その結果彼は生き残り、第二騎士団副団長になることができたのだ。

　ギルファムの父ディーデリヒが退役する際、第二騎士団の団長が第一騎士団の団長を継ぐ話も浮上していた。

　もしもそれが実現していれば、コンラートが第二騎士団の団長に繰り上がっていたかもしれない。

　しかしそれは果たされず、ギルファムが第一騎士団の団長に任命されたことで、コンラートは第二騎士団副団長のまま据え置きとなった。

　もっとも、何もしないコンラートがそれ以上の役職に就くことは能力的にも無理があっただろう。今でさえ、彼のいるポストにはもっと有能な者を就かせるべきだという声もあるくらいなのだから。

　ついでに言えば、フロランは騎士団に入団し三週間で退団している。

　任務中に怪我を負い、泣く泣く辞めていったことになってはいるが、その怪我とは足首の軽い捻挫。しかも任務中ではなく訓練中の出来事で、訓練場の脇に生えていたリンゴの木から果実を取ろうとジャンプして、着地に失敗してのことだ。

　父親が報告書を盛って書かせはしたものの、現場に居合わせた団員から噂が広がり、今では騎士団ならば知らぬ者はいない定番中の定番の話題となっている。

全てわかっていながらも、ギルファムはフランツを宥《なだ》める。

「フランツ、言いすぎだ。せめて『慎重』と言ってやれ。慎重な者が組織にいると安全性を高められるという利点もある。複数人いるようでは困るが、少数ならば貴重だ」

「慎重、か。正しい慎重さなら必要だけど、卿の場合は臆病なだけに見えるけどねぇ」

フランツの言う通りだ。だが、同調することはギルファムの立場上難しい。

「……訓練の時間だな。今日は俺も出よう」

「話を逸らしたな？」

マントを脱いで壁にかけ、腰にある剣の位置を確かめた。よし、行こう。気合いを入れたギルファムは、ドアを押しながらフランツを振り返った。

「思うところは様々あるが、結局のところ本人に変わる気があるかどうか。俺たちにできることは、己を変えることのみだ」

「ってことは、己を変えろと？　今日の訓練は厳しめって意味かな？」

顔を引き攣らせるフランツに、意地の悪い笑みを送る。

「俺の意図を正確に読み取ってくれるとは、さすが長年の付き合いのある男だ」

それからしばらくは、穏やかな新婚生活が続いた。朝仕事にでかけるところをアスリに見送ってもらい、仕事を終え帰邸したらアスリに出迎えてもらう。夜は新婚らしく営みに精を出したり、時折マッサージを受けたり。

日常を繰り返しながら、ギルファムは妻を溺愛した。それはもう貪欲に重めに愛したが、飽きるどころかますますのめり込んでいった。

「お帰りなさいま――」

アスリという妻を得て以来、彼女との時間を増やすためにギルファムは残業をやめた。仕事量は変わらないので効率化を図るための試行錯誤も必要だったが、ギルファムにとっては大したことではなかった。

全ては妻と過ごすため。最愛のアスリとの時間を増やすためである。

今日も今日とていつも通り、出迎えの言葉を最後まで聞き終えるよりも早く、彼女に近づき抱きしめた。その体の柔らかさにホッと一息つきながら、愛しい妻の頭頂部に口づけを落とす。

「ただいま。会いたかった……いっそあなたを城に連れていけば、この寂しさを味わわずに済むのだろうか」

花を思わせる桃色の髪からは、本当に花のような甘くいい香りが漂ってくる。

顔を近づけ鼻腔いっぱいに愛妻の香りを取り込んでいると、彼女の体が軽く揺れた。

「ふふっ、大袈裟です。いつだってわたしはこのお屋敷で待っているんですから」

何気なく言っただけかもしれないが、ギルファムはとてもいたたまれない気持ちになった。

なぜなら彼にはユセヌ公国からはるばるやってきたアスリを、二ヶ月も待たせた前科があるからだ。だからアスリの何気ない言葉も、『二ヶ月も待ったのだから一日待つくらい大したことない』と聞こえたのだ。

「も、もしかして、アスリ……──」

根に持っているのか？　とは、聞けなかった。そうだと肯定されることが、ギルファムには恐ろしかった。

アスリが過去の出来事を掘り返しネチネチ攻撃してくるような陰湿な性格でないことは、ギルファムもわかっていた。しかし万一の場合が恐ろしく、ギルファムはぐるぐると悩んだ。一言聞いてしまえば早いのに、それすら迷いためらった。

要するにギルファムは愛に目覚めた結果、非常に面倒臭い男になってしまったのである。

どれもこれも、愛のせいだ。愛を失うことが怖くて、もっとたくさんの愛が欲しくなって、精神世界でギルファムはアスリに愛を乞い縋りついていた。

（アスリに愛されたい。もっともっと、今以上にアスリに求められたい。いっそ執着されたい。とするなら、アスリに愛されるために俺にできることは……理解ある夫になること！）

「ギル？　『もしかして』の続きは？」

「いや、なんでもない。それよりも、俺に対して何か言いたいことはあるか？　改善してほしいところは？　実は困っていることなどあるなら教えてくれないだろうか？」

「……どうしたの？　いつもよくしてもらっているから、今まで通りで全然──」

首を傾げる仕草は元より、その拍子にさらりと肩を流れ落ちる髪の一房ですら、ギルファムには愛しくてたまらない。

だが、アスリの表情を見てハッとした。

困惑。微笑んではいるものの、夫からの質問攻めに戸惑っていることに気づいたのだ。

「すまない。かえって気を使わせてしまったな」

「……ええ？」

ギルファムは抱擁《ほうよう》を解き、アスリの肩に手を置いた。今すぐ大声で愛を叫びたいのを堪え、目一杯の愛を込めて告げる。

「愛しているんだ。これからも、俺のそばにいてほしい！」

「はい、もちろん。そのつもりです」

（……そうじゃない。いや、そうなのだが……何か、もっと、こう……‼）

その日の夜の就寝直前、ギルファムはアスリをベッドの上に呼び寄せた。

「アスリ、ここに」

「はい」

アスリは何の疑問も思わず、言われるがまま夫の目の前にやってくると、腕を伸ばせば抱きつけるほどの距離に腰を下ろした。

これから何を話されるのか知らないアスリは、純真な眼差しでギルファムのことを見上げている。髪と同じ淡い桃色のまつ毛が天を向き、その下に宝石のような緑の瞳がキラキラ煌めいていた。

綺麗だ。かわいい。美しい。そんな使い古された褒め言葉では伝え切れないほど、ギルファムの目に映るアスリは輝きを放っている。

同じ空間にいるだけでも多幸感を味わえるというのに、触れたい、触れ合いたい、愛し合いたい……と許される限界までつい望んでしまうのは、欲深いことなのかもしれない。

しかし、そうだとしても、ギルファムには求めることがどうしてもやめられないのだ。

渇望。その激しい感情を、飼い慣らすことができない。

それが悔しくて、ギルファムは唇を噛んだ。己の太ももの上に手を置き、項垂れるように背を丸める。

「不甲斐ない夫で申し訳ない。アスリの役に立ちたいと思っているのに、いつも墓穴を掘ってしまう」

「……何のことです？」

　ギルファムの手にアスリが己の手を重ねた。前傾姿勢になって、俯く彼の顔を覗き込む。心配されていることが、さらに申し訳ない気持ちにさせる。

「あなたにもっと愛されたいんだ。もっと執着されたい……俺なしでは生きられないくらいに。だから色々試みたが、どれも思い通りにいかず……」

　アスリを真似て、自分も妻にマッサージしようとしたこともあった。しかしアスリの体は魅力的で、触れているとどうしてもムラムラしてしまうのだ。

　性的な目で見ないように理性をフル回転させても、ふかふかの胸は揉みしだきたくなるし桃色の乳輪はパクッと口に含みたくなるし、敏感な先端は甘噛みをして喘がせたくなってしまい、いつしか愛撫に変わっていたり、己を落ち着けようと精神統一している間にアスリに攻守交代されたりと、散々な結果に終わっていた。

　誰かを愛する悦びなんて、アスリと出会わなければ知らなかった。愛してほしいという欲求も、アスリと出会わなければ生じなかっただろう。

（どう思われるだろうか。情けない、と失望されてしまっただろうか）

　しかし次にギルファムの耳に聞こえてきたのは、優しい笑い声だった。

「ふふ、そうだったんですか。それで……ふ、ふふっ！」

「……アスリ？」

どうして笑うのかわからなかった。馬鹿にしたせせら笑いならまだ理解のしようがあったが、それともまた違うのだ。

「ギルに見つめられて、いつもドキドキしています。わたしを包み込む厚い体も、押し潰すまいと密かに気遣ってくれるあなたの心遣いも何もかも、わたしには愛しく感じられるんですよ」

アスリが再び笑った。

「だから、全部ギルの取り越し苦労です。前に伝えたじゃないですか、ギルのことを愛しているって」

何でもないように笑うが、ギルファムも忘れていたわけではない。

「だが、アスリが俺に執着しているようには見えない」

ギルファムはアスリに執着している。離れていてもアスリのことを考えているし、近くにいたら愛を囁きキスをすることをやめられない。それどころか、もっとたくさん触れ合いたくなる。

一方のアスリの態度はというと、ギルファムほど執着しているようには感じられなかった。人前でのキスを恥ずかしがるし、朝もあっさりベッドから出ていく。

それがギルファムには物足りなかった。

　ところがアスリは首を振って反論する。

「そんなことない。わたしだって、ギルを失うことが怖いです。いつもあなたを見送る時は無事に戻ってきてくれるか不安になるし、出迎える時には心の底からホッとする。何度、何日繰り返しても、わたしは必ず同じことを考えるの。あなたの無事を祈らずにはいられない。……これは立派な執着よ」

　今ここで彼女を問い詰めたところで、完璧にピタリと通じ合うことはできない。もしも救いがあるとするなら、長い人生をともに歩んだ果てに、通じ合えたと実感できる時が来るかもしれない、ということだ。

「俺にはアスリが必要だ。それと同じくらい、アスリも俺を欲してくれている。……そう思っても、いいのか？」

　アスリは微笑み、深く頷いた。

「もちろん。ギルと出会ってすぐの頃、あなたがどれだけ誠実な人かを知って『この人に好きになってもらえたら、どんなに幸せだろうか』って思ったことを覚えています。だから今、それが叶ってわたしはとても幸せなんです」

（……かわいい）

「かわいい」

　思ったことが口に出ていた。気づいたがもう言ってしまったあとだったので、開き直ることにする。

「アスリ……愛しているんだ。どうしたらこの気持ちがあなたに伝わるのだろうか。ああかわいい。身も心も、そこかしこが身悶《みもだ》えするほどかわいい。どれだけ俺があなたを愛しているか、そっくりそのまま伝える方法があればいいのに……かわいい……好きだ……っ」

額をコツンと当てると、当たり前のようにアスリが目を瞑った。それを同意の合図と受け取り、彼女の唇に己の唇を押しつける。

柔らかな感触に酔いしれながらゆっくりと食《は》み、甘噛みして、吸う。舌を差し込み絡ませて、吐息と唾液を交わらせる。

どこが始まりというわけでもなく、キスをしながら押し倒そうとした、その時。

「ギル、待って」

アスリはギルファムを止め、後退《あとずさ》りして彼の下から出てしまった。

(まさか、俺を拒もうと……？　ついさっき俺のことを愛していると言わなかったか？)

ギルファムはこう見えて男性としての自信がないので、すぐに不安に陥った。心臓が軋み、鼓動が速くなっていく。

「いつもわたしがギルに気持ちよくしてもらってばかりですから、今日はわたしの番」

つまり、アスリが攻めてくれるということだ。ギルファムがアスリの愛を物足りなく思っていることを知って、自ら補おうとしてくれたのだろう。

ところがギルファムは拗《こじ》らせているので、とんだ解釈違いを起こす。

「アスリ、自らしようとするなんて、まさか俺のやり方では満足できなかったのか!? 楽しんでいたのは俺だけだったのだろうか？ だからこうして、アスリが俺に仕込んでくれようと!?」

「そんなまさか、違います！ さっきも言ったじゃないですか、いつもあなたに気持ちよくしてもらっていると！ わたしがあなたをもっと愛したいのです。もっとあなたに尽くしたいの。ギルのわたしへの愛は、ちゃんと伝わっています。だからそのお礼も込めて、こうやってお返ししたくって」

愛したい。尽くしたい。

そこまで言われてようやく彼は我に返った。

すまなかったと素直に謝罪し、アスリの言葉を噛みしめる。

（アスリが受け身でいることに、何一つ不満はない。だがアスリは俺のために自分から行動を起こしてくれたのだ……！）

そして再び顔を上げ、愛しい妻を速やかに押し倒した。

「俺が誤解していた、そこは申し訳ない。アスリの本意がわかった今、俺はあなたに報いたい。礼をしたいから、今夜は俺に身を任せてくれ」

「え、っと……？ 今夜はって、毎晩わたし、ギルに身を任せているんですけど……？」

「気持ちはありがたいが、どうしても自分が制御できない。アスリへの愛が強すぎて、受け身でいることが難しいんだ。だから、攻守交代するのはもう少し待ってくれ」

快楽に浸ったトロンとした目も、顔を歪ませて喘ぐ声も、己の導き通りに溢れてくる愛液も全て、ギルファムにはとびきりのご褒美だった。

いずれは立場を逆転させてアスリに攻められるのも悪くない、とは思う。しかし次の段階へ移行できるほど、今のアスリを味わい尽くしていないのだ。

（ありがとうアスリ。愛しているアスリ。好きだ……好きだ‼）

もう少し待ってくれ。——とは言ったものの、アスリの唇も乳房も秘所も、どこもかしこも飽きそうな気配などなかった。もしかしたら一生、アスリに『攻め』役を渡せる日は来ないのかもしれない……。

4章　愛を引き裂くもの

1

「また無理をさせてしまった。今日はサロンの予定だったたか？　準備はできそうか？　もしも無理なら延期もやむなしだろうが……」

二人が結婚して三ヶ月が経った。

新婚の熱はいまだ冷めることを知らず、アスリが疲れ果てるまで好きなように愛を注入される日々が続いていた。

もちろんギルファムはアスリの体を労ってくれたが、『また無理をさせてしまった』のセリフは、もはや毎朝恒例――ただしマッサージの日を除く――となっている。

起き抜けのキスの嵐を受け止めながら、隣にいる夫に微笑みかける。

「大丈夫です、ギルに愛されて何を無理なことがありますか。いつもあなたに鍛えられているから、これくらいは全然。問題なく動けますから、予定通りサロンは開きます」

サロンというのは婦人会のようなもの。アスリが主催し、親しい女性を屋敷に呼んでもてなすのだ。

アスリには本草学の知識とマッサージの技術があるので、それらを駆使して客人たちを楽しませようと考えていた。

数ヶ月前に植えたハーブは香油や食用に加工済みで、あとはハーブティーと生食用のものをこれから収穫すればいいだけ。

アスリがギルファムと結婚し、夫の体調を管理するようになってからというもの、彼の疲れ目も片頭痛もデスクワークによる肩の緊張も改善し、著しく調子が上がった。

そのおかげで頭も冴え渡り、盗賊団の摘発、武器の横流しの発見、他国と通じた密偵の確保など、皇帝から特別な褒章が授与されるくらい、短期間で目覚ましい成果を挙げた。

どうしてそんなに調子がいいのか？　そう問われて、ギルファムは正直に妻のおかげだと答えた。愛する存在ができたことと、妻の献身。特に、アスリのマッサージを受けると、体から痛みが消えていくのだと熱弁した。

――というのは、第一騎士団副団長フランツ・ラハナーの妻クレアから、アスリが教えてもらった内容だ。

クレアとは先の祝賀会で挨拶をしたことをきっかけに、交流するようになった。お互い騎士の妻だということで共通する悩みや話題も多く、すぐに距離は縮まった。

今回サロンを開くにあたり、サロンの開催を提案したのも婦人方に声をかけてくれたのもクレアだ。

ギルファムの躍進の裏に妻の献身的なマッサージがあった。

その逸話は噂となって方々を駆け巡り、アスリの施術を受けてみたいと声を上げる者がフランツの元に殺到した。いきなり騎士団長のギルファムに申し入れるには恐れ多いということで、まずは声がかけやすくギルファムとも仲のいいフランツの元に。

そこから紆余曲折を経て、騎士たちにではなくその夫人方にマッサージの技術を指導するため、アスリがサロンを開催することになったのだった。

「それはよかった。俺のせいであなたの行動に制限がかかるような真似は避けたいからな。俺がそばにいてやれない間、せめてアスリには楽しんでほしいんだ」

「ありがとうござい……ん、」

まだ整えていない寝起きの髪。寝癖がついている金髪を愛おしく見つめていたところ、ギルファムの顔が近づいてきた。

口づけを交わし、指を絡ませる。素肌の感触はあまりにも気持ちよく、いつの間にかアスリは脚を開き、ギルファムを迎え入れる体勢をとっていた。

これは、幾度となく営みを経験したがゆえの条件反射のようなものだ。

「朝なのに、ギルもお仕《し》ご……っあっ、ふ」

「アスリの肌が気持ちよすぎるんだ。触れないわけにはいかなくなる」

わたしもそれ、思っていました。ギルに触れられると気持ちよすぎて。——とは思っても声に出して言うことはできない。歯止めがかからなくなるからだ。

そうとわかっていながらも、やっぱりこの日も朝から二人は盛り上がった。


「——今日はありがとう、アスリ様。まさか施術を受けたわたくしたちも全員眠らされてしまうなんて予想外よ。でも、おかげでとても体が軽いわ。マクト卿が骨抜きにされてしまうのも納得ね」

夜に引き続いて朝もギルファムに無理をさせられたものの、アスリが初めて開催したサロンは大成功となった。

ただ、マッサージの方法を教えるはずが、手本として施術した夫人が気持ちよすぎて眠ってしまったことをきっかけに、わたしもわたしも！　とレクチャーそっちのけで全員がアスリに施術を求め、結局のところ客人たちをアスリがほぐす会となってしまったけれど。

「ありがとうございます。皆様が実際に受けて体が楽になったと言えば、旦那様方も喜んで施術に応じてくださると思います」

「そのためには、まずはこの手技を覚えなくてはならないけどね」

「ええ。また次回、ぜひいらしてくださいませ」

参加してくれた礼として一人一人にアスリお手製の香油とハーブティーの茶葉を渡し、初めてのサロンは終了した。

一人ずつ見送って、最後に残ったのはクレア。今回サロンを開くにあたり、何かと協力してくれた恩人だ。

「クレア様、このたびはどうもありがとうございました。クレア様からお声がけいただかなければサロンを開こうとは思わなかったし、こんなに楽しい時間を過ごすこともできませんでした」

二人きりになったので、改めて礼を告げた。

クレアは切れ長の目を細め、髪をサラッと揺らしながらアスリに笑いかけてくれる。

「あら、いいのよ。楽しかったのはわたくしたちのほうですもの。美味しいお茶やお菓子、それにアスリ様のマッサージが受けられて、最高の時間だったわ」

「また次回、クレア様もぜひお越しくださいね。今度はお好みに合わせた香油を用意しておきますから。それと、マッサージも。今日はわたしが一方的に施術してしまったけれど、お互いに揉み合えば勉強にもなるし体もほぐれるし、一挙両得かなって」

「それはいい考えね！　絶対に参加させていただくわ。だから必ず開催してね！」

次のサロンを誓い合い、アスリはクレアの乗った馬車を見送った。

風に当たると火照った頬が冷やされてとても清々しかった。しばらくこのままでいたかったが、すでに空は夕焼け色。風邪を引いてもいけないし、と早めに屋敷の中へと戻った。

さっきまで賑やかだった室内は驚くほどしんと静まり返っており、アスリの胸に寂しさや名残惜しさがどっと押し寄せてくる。

しかし大した疲れは感じなかった。気分が高揚しているからだろう。

（そろそろギルが帰ってくる頃だわ。サロンの話、ぜひ彼にも聞いてもらいたい！）

メイドとともに応接室の片付けをしてから、ギルファムを出迎える準備をする。

といってもほとんどの準備は使用人がしてくれるので、アスリは己の身だしなみを整える程度だが。

ところが、待てども待てどもギルファムが帰ってこない。最近は日の入りが帰邸の頃合いと重なっていたが、すでにとっぷり日が暮れているのに彼の姿はいまだ見えない。

「奥様、先に夕食をお召し上がりくださいませ。旦那様のお食事は、お戻りになられてから改めてお出ししますので」

「そうですか……」

居間で編み物をして待っていたが、ついに執事からそう言われてしまった。ここで意地を張ってもいいが、いつまでも食器が片付けられないせいで困るのはコックやキッチンメイドたちだ。

了承し、一人食堂で夕食をとる。配膳係は控えてはいるものの、ただでさえ広い食堂がさらに広く感じられた。

結局その日ギルファムが帰邸してきたのは、就寝直前の深夜。

窓の外から馬蹄の音が聞こえたので慌ててカーテンを開けると、月明かりに照らされた影が屋敷に近づいてくるのが見えた。

この頃になると、アスリは心配でたまらなくなっていた。

いつもならすでに屋敷でくつろいでいるはずの時間なのに、帰ってこない夫。

何か問題が発生したのか、あるいは道中で何かの事件に巻き込まれたのか……考えれば考えるだけ、よくない想像が頭をよぎった。

ソファにかけていたショールを引っ摑み、慌てて部屋を出た。階段の前でアスリと同じく主人の帰邸の気配を察知した執事と合流し、二人で玄関へと向かう。

「遅くなっ――」

すりガラス越しに見える人影がギルファムだとわかって、扉が開かれるとすぐ、アスリは彼に抱きついた。

(帰ってきた。ギルが、わたしの元へ帰ってきた……！)

安堵。と同時に、これまで胸に押し込めていた不安が爆発したように、アスリの心臓がバクバクと鳴り始める。

「随分熱烈な出迎えだな。……ただいま、愛しいアスリ」

腕を緩め、ギルファムを見上げた。

その顔は穏やかに微笑んでいたものの、今朝出かける時にはなかった疲れが色濃く滲んでいるように見える。

「おかえりなさい、ギル。……ご無事で何よりです。お疲れでしょう？　早く食事をとって、休む準備を」

「ああ。ありがとう」

なぜこんなに帰邸が遅くなったのか。なぜそんなに疲れているのか。一体何があったのか。

たくさん聞きたいことはあった。しかし腰を下ろす暇もなく問いただすような真似をしては、ギルファムも辛かろう。

アスリは衝動をグッと堪え、ギルファムが安らげるよう取り計らった。

そうして彼が食事と風呂を済ませるのを、一人寝室で待った。身支度を済ませ、あとは寝るだけの姿になって入室してきたギルファムは、疲労と眠気に支配されいかにも眠そうな表情だ。もそもそもとベッドに横になり、彼について並んで横になったアスリに告げる。

「――待たせたなアスリ。まずはあなたを抱きしめてもいいだろうか？」

一も二もなく、アスリはその胸に飛び込んだ。体温を体で受け止めながら、鼻腔いっぱいにギルファムの香りを吸い込んでおく。

「……これからもお戻りが遅くなりますか？」

「いや、今日だけのはずだ。問題はない。心配しなくても大丈夫だ」

しかしそう告げるギルファムの声は硬い。

（今日だけのはず……。可能性としてはなくはない、といったところかしら）

不安にならないわけがない。しかしその感情を無配慮に顔に出すのは、マクト家の女主人としてあってはならないことだ。常に気丈に振る舞えとの姑の言葉が頭をよぎる。

「……わかりました。じゃ、もう遅いので、ちゃちゃっとマッサージして寝てしまいましょうか！」

起き上がろうとベッドに手をつこうとしたら、逞しい腕に引っ張られ、ギルファムにあっさり組み敷かれた。

「アスリ、俺を癒してくれないか？」

「は、はい。だからマッサージをしようと――」

「違う。マッサージもいいが……こういう日は、こうするに限る」

ギルファムが、アスリの胸に顔を埋《うず》めた。谷間に鼻をくっつけて、乳房を両脇から掬い寄せる。

「ん、ギル……っでも、疲れているでしょう？　昨日もしたし、朝も」

「だから？　あなたに飢えているんだ。あなたを愛することでしか、得られない栄養があるんだ」

「えいよう……」

（とにかく今ギルはその衝動を持て余しているのね。……わかったわ）

ギルファムの騎士団長としての仕事について、アスリは詳しく把握していない。守秘義務があることは知っていたから、アスリからあれこれ尋ねることもしなかった。

でも、それで十分だった。アスリも知っておくべきことならギルファムの口から語られただろうし、彼が黙すのならば、アスリからわざわざ聞くこともない。

深く語らず、尋ねもせず。

その夜のギルファムはアスリの全身に多数のキスマークを残した。初夜こそ多数つけられたが、それ以降は衣服に隠れる部分にほんの少しつける程度。

だというのに、これ見よがしに首元にも複数つけるあたり、何かが起こっているとアスリも感じずにはいられなかった。


「失礼いたします、旦那様」

控えめなノックの音と執事の声に起こされた。いつもはメイドが起こしに来るので、何事かとアスリもすぐに覚醒する。

さらに驚いたことに、カーテンの向こうはまだ夜明け前で薄暗かった。

「入れ」

「……王城から伝令が」

執事が差し出したトレイの上には、封蠟《ふうろう》の押された手紙が置いてあった。ギルファムがそれを受け取り、破いて中の便箋《びんせん》を取り出す。

急いで書かれたであろう乱れた文字を読んでいる彼の表情を、アスリは固唾《かたず》を呑んで見守った。だがそこに何が書かれていようと、これから彼がどうするのか、アスリには予想がついていた。

全て読み終えたギルファムは、手紙を元あったように折った。目を瞑って深い深いため息をつく。

「すまない、アスリ。予定が変わった。これから出なくてはならなくなった」

「……そんな気はしていました」

動揺していることを隠し、努めて穏やかに受け入れた。

取り乱さないところを見てギルファムは安心したのか、うん、と小さく頷く。

「数日留守にするが、待っていてくれるな？」

心臓がドクンと大きく跳ねた。

また戦争にでも行くのだろうか。そう思ったが、聞くことができない。肯定されるのが怖いからだ。

アスリがマクト邸に来た時、ギルファムは戦地に赴いていた。あの時は二ヶ月待たされたが、別に不安には思っていなかった。

それは当時、ギルファム・マクトという人間に思い入れがなかったからだ。

今は違う。彼のことを詳しく知ってしまった。結婚して、愛し愛され、彼のいる生活にすっかり慣らされてしまった。

（ここでギルに何かあったら、またわたしは後悔したままになる。まだ満足がいくほどあなたに尽くし切れていない。もっとあなたと過ごしたい……）

泣きそうになるのをグッと堪え、顔を上げる。不安を与えないように、微笑みを携えながら。

「……はい。ギルのお戻りを待っています。だから、必ず帰ってきて」

辛いが、他に選択肢はなかった。

騎士団長としての責務を果たし、無事帰還すること。

それこそがアスリの望むものだ。

「約束する。心配するな、すぐ戻るから」

ギルファムが優しくキスを落とした。離れる時、名残惜しそうに唇が音を立てた。

2

ギルファムのいない数日はあっという間に過ぎていき、数日どころか三週間が経過した。その間彼は一度も屋敷に戻ってはいない。

だが、その三週間の間に何が起こってなぜギルファムが戻ってこれないのか、アスリも事情はあらかた把握した。

つまり、紛争である。数ヶ月前の北東部領土奪還戦争でウォルテガに敗れた隣国が、再び国境を超え攻め入ってきたのだ。

隣国政府は停戦協議を受け入れて、軍隊をウォルテガ北東部から撤退させているため、非正規軍による攻撃と考えられた。しかし正規軍から非正規軍に流れる者もあり、決して油断できない規模に勢力を増しているとのこと。

とはいえ、大国ウォルテガの軍事力に敗戦国の非正規軍が勝てるわけがない。数日で鎮圧して終わり――と、みなが考えていたはずだ。だからギルファムも屋敷を出る際、『数日』とアスリに告げた。

その予想通りにことが運ばなかった原因は、とある者が単独行動に出たせいだ。

敵襲の第一報が入っただけで詳しい情報も届いていない中で、命令すら下っていないにもかかわらず、勝手に騎士を戦地に送り込んでしまった者がいたのだ。

本来ならば大隊による編成で向かうのが然るべきところ、その者が送り込んだのは、ほんの三十名からなる小隊。いくら構成員が精鋭揃いだとしても、人数が足りなくては数で押し負けて当然。

せめてその者が指揮官として同行していたならまだしも、彼は現地での指揮を部下に任せ、自分は安全な王都の自邸から命令を飛ばしていたというのだから、手に負えない。

そしてそのとある者とは、帝国第二騎士団副団長、コンラート・ゴッドシャルクだった。

アスリが聞いた話を総合するに、ギルファムは戦地で孤立している小隊を救出するために、戦地へ向かったと思われた。

（ギル、無事に帰ってきて。神様どうか、わたしの夫を守ってください……）

ギルファムがアスリに告げた『数日』という期間は、とっくの昔に過ぎ去った。

ではいつ戻る予定なのかと聞きたいのに、彼がどこにいて何をしているのか、正確な情報を得る手段はアスリにはない。

執事の提案で手紙を送ってみたものの、果たして届いているのかどうか。二通送って音沙汰がない時点で、アスリは新たに送ることを早々に諦めてしまった。

いつ戻るともしれない夫を、ただひたすらに待つ毎日。

彼ならきっと大丈夫、と己を宥め奮い立たせようとするが、それでも折りに触れて不安が頭をよぎった。

「――ま。奥様っ、溢れております！」

「……はい？　……あっ、うわわ」

ギルファムがいなくなってから、ぼーっとする時間が増えた。頻繁に意識が飛んでしまうので、こうやって植物への水やりをやりすぎてしまったりもする。

植木鉢の下からも上からも水が溢れ、地面に大きな水たまりができた。

でも、それをどうしたらいいかが思い浮かばず、結局その水たまりをぼんやりと眺めた。

何をするにも動作に精彩を欠いている。その原因を屋敷の者なら全員承知しているので、メイドのカーリンはアスリの背中に手を置いて、気遣いながらそっと声をかける。

「大丈夫です、旦那様ならきっとそのうち帰っておいでですよ」

「ええ、わたしもそう信じています。ありがとう」

励ましの言葉にアスリが緩く反応した。しかしその声にも表情にも覇気はない。

（きっとそのうち帰ってくる……とは思ってる。きっとそうよ、ギルだもの。……でも、こんなに待つのが辛いなんて思わなかったわ）

遠くの空に目をやりながら、アスリは終末期の父親に付き添っていた頃を思い出していた。

父はあと何日生きられるのだろう、と考えては、憂鬱な気持ちになり、毎日それを繰り返し……。

状況は違えども、何の光明も見出せない今の閉塞感は、以前味わったものとよく似ていた。

「大丈夫、あと少しの辛抱です！　あの奥様命な旦那様が奥様を置いて死ぬなんてこと、絶対にありませんよ！」

「死、ぬ………っ」

頬を涙がつーっと伝った。

カーリンがアスリを励まそうとして文脈の中で使った単語。そうとわかっているのに、アスリは過剰に反応してしまう。

「アーっ、ご、ごめんなさい！　違うんです、咄嗟《とっさ》に！　そういうことはないっていう、否定の意味なんです！　すみません、軽率でしたっ！」

慌てふためいて謝り倒すカーリンに、アスリは涙を拭いながら首を振る。

「わかってる。こっちこそごめんなさいカーリン。……ギルがちゃんと帰ってくるってわかってる。約束もしたし。……でも、どうしても不安が抑え切れなくて――」

その時、舗装された道を車輪が走る音が聞こえた。とても小さな音だったが、アスリは聞き逃さなかった。

（もしかして、ギルが帰ってきた⁉）

すぐに立ち上がり、持っていたジョウロをその場に投げ捨てて一心不乱に玄関へと走った。

アスリが植物を育てている温室は建物の裏手にあり、そこから玄関へ行くには屋敷を大きく迂回しなくてはいけない。歩いても走っても到着時間に大差はないが、それでも走らずにはいられなかった。

アスリが到着した時には、玄関前には一台の馬車が止まっていた。車輪の向こうに人の脚が見え、執事が出迎えの声をかけていた。

（あ、スカートの裾……女性だわ。ギルじゃない。けど……――）

「……メルテムお義姉様？」

「アスリ！　久しぶりね、元気でやっているかしら？」

訪問者はアスリの異母兄の妻、メルテム・シュリーハルシャだった。

赤い髪の人物を見るのは、ユセヌを出国して以来だ。

ユセヌ人は濃淡の差こそあれ、みな赤い髪をしている。しかしウォルテガでは見たことがなかったので、とても懐かしい気持ちに陥った。

慣れ親しんだ色と、アスリの記憶そのままのおおらかな笑顔。

先行き不安なアスリのために『安心して私にドンと任せなさい！』と言ってくれた時の映像が脳内でシンクロし、やけにアスリを感傷的な気分にさせる。

「はい、おかげさまで。その節は大変お世話になり、……っ」

声が震え、喉がヒクつく。走ってきたから息が上がっているのではない。たちまち何も言えなくなって、代わりに大粒の涙がぼろぼろ溢れた。

　何があったのかと驚く執事と、追いかけてきてまた泣いているアスリを見てギョッとするカーリン。オロオロしている二人をよそに、メルテムはおっとり微笑んで優しくアスリを抱き寄せた。

「あらあら、心がちょっと疲れているのかしらね」

　頭を撫で、背中をさする。

　アスリとは義姉妹の関係だが、年齢は母子ほど離れている。

「何も心配いらないわよ。どれ、私が相談に乗ってあげましょうね」

　涙の止まらないアスリはメルテムに支えてもらいながら、執事の案内で応接室へと向かった。

　二人隣り合ってソファに座ると、メルテムが涙をハンカチで拭ってくれる。

「大丈夫、ギルファム様はもうすぐご帰還なさるわよ。かわいいかわいい義妹を、嫁いだばかりで未亡人にされてなるもんですか。それにこれは私が世話した縁談よ？　そう簡単に死んでもらっちゃ『伝説の世話人』の名が廃《すた》るわ！」

　カーリンに『旦那様が死ぬわけがない』と励まされた時、話の内容よりも『死』という単語に思考を支配され、最悪の想像で頭がいっぱいになった。

　だというのに、メルテムに同じ単語を使われてもアスリは不思議と恐怖しなかった。

それどころか、明るい口ぶりに心が癒されていく。

（……そうよね。ギルに死なれてはたまらない。長生きしてくれなくては。結婚したばかりなのに、こんなに早く別れたくない）

「ほら、紅茶も来たわよ。とってもいい香り。そんな様子じゃこの紅茶がどんな香りをしているか、楽しむこともできなかったのではなくて？」

目の前に運ばれた紅茶を手に取り、顔を近づけメルテムが唸った。彼女の言う通り、マクト家で常飲されている紅茶は執事がこだわって取り寄せた一級品だ。最初の頃は飲むたびに感動していたはずなのに、最近ではただ喉を潤すだけになっていた気がする。

メルテムと同じように、アスリもティーカップを持ち上げた。しかし香りを鼻腔に吸い込んでみても、心は全く動かされない。

（こんなことをしている場合じゃないからかも。わたしももっと、ギルのためにできることを考えるべきなのかもしれない）

「夫は今頃戦場で必死に戦っていると思うんです。そんな中で、わたしばかり安全なところで呑気に暮らしていて許されるのでしょうか」

罪悪感と焦燥感。メルテムならばいい案を授けてくれるかもしれない。

そう思って縋りつくと、想像に反し彼女はアスリに大笑いを見せる。

「あははは、いいのよ、呑気に暮らしてても！　思い出してごらんなさいよ、旅立つ前のギルファム様に『常に気を張り詰めていろ』とでも言われたの？」

「……いいえ」

ほらね、とメルテムが笑い飛ばす。

「呑気に暮らしていればいいのよ。夫のために何かしてあげたい思いがあるのなら、心配させないこと。『あなたが不在の家をわたしがお守りしています』と、堂々としていなさいな」

仮にアスリが戦場についていったところで、足手纏いにしかならないだろう。手紙を頻繁に送ることも迷惑になるとやめたのだから、あとは『こっちはこっちでうまくやっています』と示すしかないのだ。

（おっしゃることはわかる。わたしも、このまま暗い顔をしたままでいいとは思わない。でも——）

「最近、あまりにも夫が心配すぎて体調にも影響があって……。これじゃいけない、もっと楽観的にならなくちゃと思ってはいるんです。でもやっぱり食べ物も喉を通らないくらい不安で、食べても吐いてしまうことも多くて」

次にメルテムに会えるのは、いつになるかわからない。せっかくの機会なのだからと、思い切って胸に溜めているものを吐き出した。

「そう……ふぅん………」

するとメルテムは顎に指を当てトントンとリズムを刻み、何かを思案し始めた。視線をアスリから外し、扉のそばで控えているカーリンに向かって声をかける。

「ねえ、そこのあなた。お医者様を手配してほしいのだけど」

彼女がかしこまりました、と告げる前に、アスリが驚きの声を上げる。

「お義姉様⁉　体調不良はおそらく一時的なものですから、わざわざ診察を受けるほどのことでは」

「一度専門家に診てもらったほうが、アスリもきっと安心できるわ」

「で、でもっ」

体調が思わしくないのは事実だ。かといって、医者を呼ばねばならないほど深刻なわけでもない。

「最終月経はいつ？　あなたたち若いんだから、当然そういうこともしているでしょう？」

「⁉」

唐突な質問にアスリは言葉を失った。夫婦生活について突っ込んだ質問をされるとは、思ってもいなかったからだ。

（お義姉様ったらどうしてそんなことを聞くの？　まるでわたしが妊娠でもしているかのような……――）

「…………まさか……妊娠……？」

確かに、毎月あったはずの月経は、ここ二ヶ月来ていない。

無意識的に腹に手を当てた。胎動どころか膨らみすらない、いつも通りの下腹部だ。ここに命が宿っているなど、現実だとは思えない。

答えを求めるように、隣に座るメルテムを仰いだ。

彼女はにんまりと微笑む。

「少なくとも、私はそうじゃないかと思ったのだけど？　こんな状況だから、ギルファム様のことが心配になるのもわかるわ。でも、吐いてしまうのも気分がどうしても落ち込んでしまうのも、妊娠の兆候よ。だからお医者様の見立てが必要ってわけ」

あれよあれよと医師が手配され、アスリの元へやってくる。メルテムからされたのと同じような質問と合わせて、もっと詳しい質問、診察……。

夫が不在にしている代わりに、執事、メイド長、平メイドのカーリン、それとメルテムとアスリで診断が下されるのを待ち構えた。

そして――。

「おめでとうございます。奥様はご懐妊なさっているとみてまず間違いないでしょう」

老齢の男性医師がそう言っても、しばらくは誰も一言たりとも声を発さなかった。喜びに打ち震えていたのだ。

医師によると、現在妊娠三ヶ月目だという。

ギルファムが戦に向かった時にはすでに妊娠していたことになるが、その時には妊娠兆候が現れておらず、誰も気づかなかった。

一拍置いて、第一声を発したのはカーリンだった。

「ンおめでとうございます奥様ッ！　早速旦那様に手紙を書きましょう！　子どもができたから早く帰ってきて、って。そうしたらきっと――」

その勢いを執事が止める。

「いけませんカーリン！　旦那様のことです、愛する奥様がご自分のお子を孕《みごも》ったと知ったら、どれだけお浮かれになることか。そのせいで注意散漫になり万一のことが起こりでもしたら、目も当てられませんよ」

続いてメイド長が口を挟む。

「執事様も、奥様の前で不穏なお話はお控えくださいませ！　最も不安なのは奥様です。それなのに目の前で怪我を負うだの死ぬだの殺されるだの、不謹慎が過ぎます！」

「メイド長も言いすぎです……」

周囲が舞い上がっている中、アスリは一人考え込む。

（わたしが妊娠……？　お腹の中には新しい家族がいる……わたしとギルの子ども。わたしたちは母親と、父親になる……）

嫌ではない。嫌なものか。けれどここにギルファムがいないせいで、手放しで喜ぶことにためらいが生じていた。

（ギルは喜んでくれるかしら。彼が戻ってくるまで無事にこの子をわたしが守ってあげられる？　その前に、本当にここに赤ちゃんがいるのかしら……）

メルテムに手を握られ、アスリは我に返る。ハッとして顔を上げると、柔らかく微笑んだメルテムがアスリのことを見つめていた。

「ギルファム様は必ず元気にご帰還なさるわ。だから何も心配せず、自分とお腹の子のことだけを考えなさい。しっかり食べて、よく寝て、ゆったりした気持ちで過ごす。これさえ守っていれば、きっと健やかな子が生まれてくるわ」

しっかり食べて、よく寝て、ゆったりした気持ちで過ごす――アスリは心の中で復唱した。それだけで、不思議と心が楽になるようだった。

「本当におめでとうアスリ、心から祝福するわ。ユセヌであなたを見送ってから、あなたがどう暮らしているかずっと気になっていたの。今回ようやく様子を見に来ることができたけど、まさかこんなに幸せな瞬間に立ち会えるなんて思ってもみなかった。どうもありがとう」

「と、とんでもないです。お義姉様が気づいてくださったからこそ、わたしも知ることができたんですし」

アスリはメルテムが命の恩人のように思えた。ギルファムという素晴らしい伴侶を紹介してくれただけでなく、結婚後も気にかけてくれ、妊娠の予兆にも気づいてくれた。

「ありがとうございます、メルテムお義姉様。こうして家族に恵まれたのも、全部あなたのおかげです」

「そんなことないわよ、あなたの人徳あってのものよ。……ついでに、妊娠のことはしばらく黙っておきなさい。ギルファム様がご帰還なさった時に打ち明けたほうが、どんな反応をしてくださるかその目で見れて楽しいと思うわよ？」

メルテムのお茶目な提案を聞き、アスリもその素晴らしい案を採用することにした。

ギルファムが平常心で任務に集中できるよう、妊娠のことは秘密にしておく。彼が帰還したのち、タイミングを見てアスリが告げる。

メルテムと会うまではどん底まで沈み切っていた精神状態が、上向きになっていくのを感じた。

3

メルテムがウォルテガにやってきた理由は、夫――アスリにとっては異母兄――の仕事に同行するため。といっても農園視察で地方へ行っている夫とは、明日王都で合流する予定だそうだ。

そのついでにもう少しだけ足を延ばし、アスリに会いに来た……という話のようだが、メルテムがいち早くアスリの妊娠を察知してくれたことへの礼も兼ね、マクト邸に泊まってもらうことにした。したがって、本来泊まる予定だった宿にはマクト家から事情説明のための使いを送っておいた。

アスリとメルテムは義姉妹ということになるが、これまで長いこと付き合いらしい付き合いはなかった。しかしメルテムの人柄は、時間の隔たりを飛び越えてアスリの心を穏やかにしてくれた。

アスリの母親は早々に認知症にかかり、実の娘であるアスリのことも早々に忘れてしまった。だからこうして色々な相談ができる相手というのは、アスリにとってメルテムが初めてだった。

妊娠、子育てについても、メルテムはアスリの先輩だ。一晩かけてアスリは様々なことをメルテムから教えてもらい、たくさんのことを話した。

朝食を一緒にとってから、アスリは彼女を見送りに街へ出た。馬車に乗って市場へ行き、活気に溢れた露店街の中を二人で歩くことにした。

ユセヌでは食材を買いに市場を訪れることもあったけれど、ウォルテガに来てから庶民の多い場へは足を運んだことがない。そもそも、屋敷の外へ行く機会自体が少なかったのもある。

野菜にしろ果物にしろ花にしろ、国が違えば品揃えも変わってくる。

かつて植物図鑑で見ただけの珍しい野菜も、この国では種を植えれば勝手に生えて育ってくれる手頃な野菜として雑に店頭に並べてあった。

目をキラキラと輝かせながら通りをゆっくり歩くアスリに、メルテムが器に入ったジュースを差し出す。果物を絞って作った新鮮なジュースが売られていたので、それを買ったのだという。

「いつも行かないところへ出かけてみるのも、気分転換になるでしょう？　人混みはそれなりに気をつけなくちゃいけないけど、路地に入りでもしない限り、王都ならまず安全よ」

二人はユセヌ人なので、ウォルテガでは珍しい髪色をしていた。悪目立ちすることを恐れツバの大きな帽子とヴェールで隠してはいるものの、身に迫った危険があるわけではない。

庶民の中にも裕福な者はいくらでもいるので、貴族であるアスリたちの服装が特段目立つこともない。何なら二人より派手に着飾っている者もいるくらいだった。

（こんなに気兼ねなく出かけられるのなら、もっと足を延ばしてみればよかった）

「これからは、もうちょっと活動的になってみたいです。夫と一緒に出かけてみたり……」

一晩メルテムと一緒にいたおかげで、アスリの心はかなり落ち着きを取り戻した。

昨日まではギルファムが無事に帰ってくるかどうか心配なあまり、そのあとのことなどちっとも考えられなかった。ところが今はあれこれと願望が一気に芽生えつつあった。

「いい変化ね。きっとギルファム様もお喜びになるわよ」

メルテムに太鼓判を押され、アスリは頬を赤らめた。照れ臭くて大っぴらに笑えなかったが、自然と頬が緩んでしまう。

「それじゃ、私はこの辺でいいわ。夫との待ち合わせの前に、向こうの店で商談があるのよね」

彼女が指したのは、市場の出店街を抜けた先にある小洒落た生花店だった。たくさんの花に囲まれるようにテラス席が設けてあり、お茶を飲みながら談笑している人の姿がちらほら見える。

（あぁ、こんなお店でギルとデートをするのも楽しいかもしれない……）

一人で戻れる？　馬車を呼んできたほうがいい？　と気を使ってくれるメルテムに、アスリは大丈夫だと告げる。

「お義姉様、本当にありがとうございました。またお近くに寄るご用事があったら、ぜひいらしてください。今度はお兄様とも一緒にお会いしたいです」

「そうね……次に会えるのはそのお腹の子が生まれている頃かしら。きっと元気な子が生まれるでしょうから、たんとお祝いさせてね？」

本当にいい人だ、とアスリは心が温かくなった。

明るく、人の抱えている不安をあっという間に消してくれ、笑顔にまで変えてくれる。さすが『伝説の世話人』と呼ばれているだけある。

手を振って笑顔でお別れをして、噴水の水飛沫《しぶき》を眺める。

（……さてと、わたしも帰らなくちゃ。馬車を待たせていることだし）

クル、と踵《きびす》を返したところ、アスリは肩をビクッと揺らした。自分のすぐ背後に、男性が二人立っていたのだ。危うくぶつかるところだった。

「ごっ、ごめんなさ――」

「アスリ・マクト様にございますね。主がお待ちです」

「……はい？」

二人はお揃いの黒いスーツに身を包んでいた。前髪を上げ後ろへ流し、そのこざっぱりとした身なりから、どこかの名のある屋敷に仕えている使用人なのだろうと思われた。

「馬車でお迎えにあがりました。どうぞお乗りくださいませ」

彼らの視線の先にある路地の向こうに、地味な馬車が停まっているのが見えた。御者《コーチマン》が扉を開けて待っているようだ。

しかしアスリは彼らを知らないし、誰とも何の約束もしていないのだ。

メルテムはすでに店に入り、姿が見えなくなっていた。助けを求めることは叶わないが、彼女を巻き添えにしなくて済んでよかった、と安堵する。

「いえ、わたしの家の馬車も待たせていますので、そんなわけにはまいりません」

彼らの機嫌を損ねないよう、引き攣りそうになる頬を何とか動かし笑顔を作った。しかし辞退しようとしても頑なに受け入れてはくれない。

「こちらこそ、このままお帰りいただくわけにはまいりません。どうぞお乗りくださいませ」

「……どこかへ向かうにしても、一度帰らなくては。せめてうちの御者に託《ことづ》けをしなければ、家族が心配してしまいます」

「問題ございませんよ。マクト邸へはこちらから遣いを出しておきますので」

「どなたの命令なのかは存じ上げませんが、この状況でわたしが『ついていく』と言うとお思いですか？」

「………………」

男が押し黙った。

この隙に、アスリは周囲を見回した。逃げるためだ。

（なんでもいい、この人たちの注意を引きつける何かがあれば。あるいは、待ってくれている御者のところにまで辿りつければ――）

ところが男たちから目を離したのを逆手に取られた。

「っきゃ――」

隙をついて口を塞がれ肩を抱かれ、アスリは路地に連れ込まれてしまったのだ。

肩に回された力は強く、担がれている状況に近い。足が地面から浮いているため、抵抗しようにもできない。

そもそも、妊娠している身で抵抗してもいいものなのか。己の身が助かっても腹の子に何かあっては意味がないのだ。

路地の中ほどまで進むと、男の拘束が緩み解放してくれた。しかし元の通りに戻るには、立ち塞がっている男を何とかしなければならない。女性で、妊婦でもあるアスリが。

「アスリ様、どうか大人しく従ってくださいませ。わたしたちとて、乱暴なことはできるだけしたくないのです」

（それは……脅し？　もしもわたしが抵抗したら、何をするかわからない、という）

恐怖により指先が冷え、今にも膝が笑いだしそうだった。それに加えて心臓が体から飛び出たようにバクバクと鳴り、体のあちこちで発生する非常事態に戸惑ってしまう。

「…………」

今度はアスリが押し黙った。

（お腹の子に何かあってもいけないし、言われるがまま馬車に乗って、それから逃げる方法を探る？　それしかない……？）

「――わかったわ、言う通りにする。その代わりわたしには触らないで」

男はニッコリと微笑み告げる。

「賢い判断です。さあ、馬車はあちら。どうぞ」

アスリが馬車に乗りこむと、続けて男が乗り込んだ。カーテンは閉じられ、どこへ向かうかも告げられない。

そっと腹に手を当てた。まだ膨らみはなく、胎動も一切感じない。しかしそこに子がいることは確実。

（この子を守れるのはわたしだけ。まずは時間稼ぎ。ここで下手に反抗して、暴力を振るわれたらいけない。油断させた隙に逃げるのよ……！）


「到着しましたよ。さ、降りてください」

「ここは……？」

連れてこられたのは、想像以上に立派なお屋敷だった。人里離れた小屋でもなく、植物の枯れ果てた荒野でもなく、王都の郊外にあるお屋敷。

アスリが降りると黒服の男も二人同時に馬車を降り、アスリの両脇を固めた。

まるで連行されるように玄関をくぐると、その家の執事がアスリを出迎えた。

「マクト夫人、ようこそおいでくださいました。主人がお待ちしておりますので、どうぞこちらへ」

（どういうこと？　わたしが誘拐《ゆうかい》されたことを知らない？　それとも動じていないだけ？）

執事からは悪意も後ろめたさも感じなかった。あまりにも紳士的で執事然としているので、アスリは戸惑ってしまった。

「さっさと歩いていただけますか？」

前を歩く執事の背を眺めながら立ち止まったままでいたら、黒服の男に急かされた。言葉遣いは丁寧なものの、貴族の女性に対しては無礼な台詞。しかし執事は振り返らない。絶対に聞こえたはずなのに。

（……動じていないだけね。彼もきっとグルなんだわ）

アスリは無言のまま小さく頷き、案内されるがまま屋敷の中を進んだ。そして、廊下の突き当たりにある広い部屋に到着する。

主人というのは、老年に差し掛かったくらいの男だった。白髪交じりの栗色の髪と、同じ色の鼻髭。アスリは記憶を辿ったが、会った覚えはまるでない。

男はアスリの頭のてっぺんから足のつま先までを舐め回すようにジロジロ値踏みすると、フン、と鼻で笑った。

「来たな、ギルファム・マクトの妻よ。聞いていた通りの桃色の髪だな」

男は執務机につきながら、昼間から酒を飲んでいた。すでに酔いが回り顔が赤くなっている。

その眼差しも口調も態度も何もかもが敵意に満ち溢れ、アスリを嫌っていることがわかった。しかし唯一幸いなことに、ただちにこの場で危害を加えてきそうな雰囲気ではない。

「……あなたはどなたですか？　何の目的があって、わたしを誘拐したのですか？」

声が震えそうになるのを必死で抑えながら尋ねると、男が噴き出し嘲《あざけ》った。

唐突で気味の悪い笑い声に、アスリの心臓が跳ねる。

「誘拐とは物騒な。招いたのだ。しかし招かれた家の主人の名も知らぬとは、とんだ育ちのよさだな！　あるいは、婚家の躾がよほどいいのか？」

皮肉だとはわかるが、そんな言葉を投じられる理由がアスリにはわからない。

「わたしは誘拐かとてっきり。どこへ行くのか誰の指示なのか、誰も教えてはくれませんでしたし。この家ではそれがお客様を招く際のマナーなのですね」

「…………」

怖かった。味方がいない状況で、絶望に閉じ込められたような気持ちだった。

しかしこれではいけないとも思った。『マクト家の嫁として、堂々と、気品を忘れずに』というパトリツィアの言葉を心の中で反芻《はんすう》し、アスリも意趣返しを試みた。

効果はてきめん、男は目を丸くして、片頬を上げていびつに笑った。

「……フン。儂はコンラート・ゴッドシャルク伯爵。兼、第二騎士団副団長だ。おぬしの夫より長く騎士団に在籍し、また領地も豊かで穏やか。領主としても指揮官としても、一定の評価を得ておる」

名を聞いて、アスリの顔から血の気が引いた。

噂の通りであるならば、目の前のこの老人が軍規違反を犯し、ウォルテガの騎士を危険に晒した人物だということになる。未来ある騎士たちは窮地に追い込まれ、ギルファムもいまだ帰らない――。

あなたのせいでわたしの大切な夫が……と怒りに任せ食ってかかることもできた。

しかし謹慎中でありながら誘拐する人間性の持ち主だ、アスリは逆上を恐れた。

「……そのゴッドシャルク卿が、わたしに何のご用でしょうか。正式にお呼びくだされば、夫とともに参ったのですが」

深呼吸をして、激情を逃した。コンラートの軽率な行動に対する怒りと、己の身がこの先どうなるとも知れぬ恐怖。手が震えたが、握りしめてそれを隠す。

「残念だが、それはできん。お前の夫が帰ってくるまで、おぬしにはここにいてもらわねば。なに、あと二、三日の辛抱だ」

（……ということは、ギルの帰還はもうすぐなの？　だったらなおさら、マクト邸で出迎えてあげなくては！）

コンラートの言葉が真実ならば、朗報だ。ギルファムの帰還、嬉しいに決まっている。

けれど、喜んでいる姿を見せては相手に付け入る隙を与えるだけ。アスリは冷静に提案する。

「でしたら、一度戻って夫とともに改めて訪問させていただきたく存じます。数日とはいえ初対面の方のお屋敷に泊めていただくのは、さすがに申し訳ありませんので」

「気にするでない。儂の倅《せがれ》が相手をするゆえ」

『せがれ』と言われてアスリは回想する。コンラートの息子、面識があったかどうか……。

その隙にコンラートは扉の外に声をかけ、すぐに青年が一人やってきた。

「やあ、久しぶり。僕のこと、わかるかい？」

「……フロラン様」

アスリはすぐに思い出した。フロラン・ゴッドシャルク。戦勝祝賀会にて一度会っただけの男だが、好印象は抱かなかった。

「覚えてくれていたんだね！　嬉しいよ、これで僕らは友達だね。君さえよければもっと深い仲になってもいいんだけど？」

再び会ったフロランは、やはりアスリに馴れ馴れしかった。軽率に微笑んでみせるところも、彼が語るその軽薄な内容も、アスリの警戒を煽る。

（妊娠を打ち明けたら穏便に済ませてくれるかしら？　……ううん、それこそ何をされるかわからない。伯爵があれだけわたしに敵意を向けてくるんだもの、フロラン様だって同じようなものだわ）

「遠慮させていただきます。夫がおりますので、変な誤解を招きたくありません」

「まあまあ、少なくとも数日はここにいてもらうことになるだろうから、時間をかけて仲良くなっていこうよ」

「…………」

　連れてこられた理由も目的もわからない。歓迎されている雰囲気はなく、一歩間違えば殺されるか陵辱されるか……そんな危うさもある。

　それでも、アスリは諦めるわけにはいかなかった。きっとすぐに助けは来る。それまでに、何としてでもお腹の子と生き延びなくては。そう強く心に誓った。

4

　アスリにも客間が一部屋与えられ、そこに滞在することになった。

　部屋は三階に位置し、窓は開くが高さがあるのでとても逃げられるものではない。

　だが室内には一通りの家具が配置されており、罠が仕込んである気配もなかった。いたって普通の客間であり、身の回りの世話を焼いてくれるメイドもとても親切。

　ただ、部屋には常に廊下側から施錠がしてあり、廊下には常に見張りが立っていたけれど。

自分は客人としてここにいるのに、なぜ軟禁されねばならないのか。アスリはそうメイドに尋ねてみたことがある。しかしメイドは何かに怯えたように謝り倒すばかり。何度聞いてもはっきりとしたことは教えてくれなかった。

わたしとはぐれたことで御者の彼が気を病んでいないか、メルテムお義姉様がその後騒ぎを聞きつけて『わたしが送ってもらわなければ』と悔いていないか、マクト邸の使用人たちがどうしているか……。気になることはたくさんあるのに、情報を得る手段がないことがアスリの苛立ちを募らせる。

そして軟禁が数日に及ぶ中、メイド以外にもアスリの部屋へやってくる者がいた。この人物が厄介だった。

「こんにちは、アスリ」

ギラギラ眩しいほどの宝石で飾り立てたフロランである。

彼は断りもなく入室し、断りもなくアスリの隣に腰掛けた。距離を取ろうとさりげなく横へずれたものの、すぐに詰められ布越しに太ももが密着した。

「……フロラン様、わたしは人妻ですので、気安く名を呼ぶのはお控えくださいませ。せめて『マクト夫人』と。誤解を招いてしまいます。距離もお考えください」

香水の香りが強すぎて、気を抜くとむせてしまいそうだった。

適量ならば『いい香り』という感想で美しく終わらせられそうなものを、香水にしろ衣装の華やかさにしろ、彼は適量というものを知らないらしい。

「ここには僕と君しかいないのに、一体誰に誤解されるというんだい？」

牽制しても、ヘラヘラ笑ってのらりくらり。いざギルファムを前にしたら尻尾を丸めて怯えるくせに、自分よりも格下の相手にはいくらでも強く出られるようだ。

「今日でもう三日目です。わたしは何のためにここに連れてこられたのですか？　食事に身の回りの世話に見張りまで……。滞在費が嵩《かさ》む前に、早く手放されますよう」

アスリの言葉には耳を貸さず、代わりに肩に手を回し囁く。

「今日は何をして過ごそうかアスリ？　一緒に散歩でもしてみる？　うちの空中庭園は、ロマンチックで見事なものだよ。広めのガゼボも設置してあるから、途中で休憩したくなったらいくらでも休むことができる」

誠実なギルファムとはまるで正反対の男。

アスリはそう思い、嫌悪した。何の実りも得られないのに会話の相手をしなければならないことが、ひどく億劫に感じられてしまう。

「わたしの屋敷へ帰らせてください。ご用がおありなら、改めて夫と伺います」

「アスリの髪は本当に美しいね。大した美人ではないが、肌艶も肉感もよくこれはこれで男を誘う色香がある」

いずれはアスリが靡くと思っているのかもしれないが、それは間違いだ。アスリはギルファムに一途だし、誘拐犯に親しみを抱くわけもなく、今この瞬間もフロランに出ていってほしいと心から願っているのだ。

あまりのにおいのキツさにアスリは頭痛と苛立ちを覚える。

「そもそも、あなたのお父上コンラート様は、軍規違反を犯し謹慎処分中なのではありませんか？　それなのにわたしを誘拐し軟禁するなど、罪を重ねているようなものではありませんか。フロラン様も、ゴッドシャルク家のご長男としてお父上に――ッ!?」

目と鼻の先で何かが動き、喉に痛みを感じた。呼吸ができず、声も出せず、そこでアスリは自分が首を絞められていることに気づく。

フロランはギルファムと違い体の線が細く、武術の心得もないだろう。しかし男性であることには違いないので、組み敷かれてしまったら女性のアスリは手も足も出ない。

そうでなくても片手で首を絞められるだけで、アスリには効果甚大だ。

アスリの言葉の何かが、フロランの逆鱗に触れたようだ。フロランの顔から笑みが消え、目の前の彼女を殺さんばかりに鋭く睨みつけている。

その表情を見て、アスリはここが敵陣であったことを思い出した。それとともに、己の言葉がいかに軽率で不用心だったか後悔する。

「売女《ばいた》が偉そうな口をきくな。何も知らないくせに……元はと言えば、お前の旦那が悪いんだろうが」

「……ギ、……っが⁉」

ギルが？　と聞き返したいが、うまく発声ができない。手を剝がそうにも握力は強く、女性の力ではどうすることもできない。

酸欠に陥る寸前で、やっとフロランの手が離れた。喉に手を当てながらアスリはゴホゴホと咳き込んだ。

その隙に彼は立ち上がり、スタスタと扉へ向かう。

「勝者にはその程度だよな、結局。何もしなくたって、地位も名誉も向こうから勝手に降って湧いてくるんだもんな」

（そんなことないわ。今のギルは彼のたゆまぬ努力の結果よ。誰にも見えないからといって、努力も苦悩も『ない』わけがないじゃない！）

ただしその反論は、心の中で叫ぶだけ。殺されかけたばかりのアスリに言い返す勇気はさすがになかった。

この数日間、軟禁されているとはいえ一切危害を加えられなかったため、危機感が薄れていたようだ。首を絞められたことによりアスリは恐怖を思い出した。

指先が氷のように冷たく、ブルブルと震え制御が利かない。心臓が激しく波打って、余計に己の動揺を誘った。

「……さっき、自分は何のために連れてこられたのか？　と尋ねたね？　今すぐじゃないが、もうそろそろ……煮るなり焼くなり、こちらの気が済むように使わせてもらうよ」

フロランは部屋を出ていく直前、アスリの問いに答えを返した。

近いうちに何かが起こる、ということは想起させられたが、具体的なことは何一つわからない。

肩で息をしているアスリに、再びフロランが告げる。

「逃げることは考えるな。代わりに僕を誘惑することは許そう。君はユセヌ仕込みの妖しげなマッサージが使えるんだろう？　その技巧で僕を虜にしてみたらいい」

誰が誘惑するものか、と咄嗟に叫びたい衝動に駆られたが、唇が震え目眩がした。何も言えないままフロランを見送り、扉が閉まったのを確認してからアスリはソファに倒れ込む。

（大丈夫、大丈夫よ。きっと助かる。諦めちゃだめよ……）

我慢していた涙が堰《せき》を切ったように溢れた。恐怖でどうにかなりそうだったが、諦めるわけにもいかない。

歯を食いしばって起き上がり、涙を拭って部屋の換気に取り掛かった。

動きがあったのはその二日後。

当主であるコンラートに呼ばれ応接室に向かうと、コンラートとフロランの二人が父子揃って待っていた。腕を組み脚を開き、不機嫌全開でソファに座っているコンラートと、紅茶片手に脚を組み、ニヤニヤと楽しげなフロラン。まるで対照的な二人だ。

　そこに座れと命令され、アスリもテーブルを挟んで腰掛ける。軟禁されていた五日間、こうして呼び出されるのはこれが初めてのことだった。

　もしかしたら今日、何かが起こるのかもしれない。楽しいことならいいけれど、この状況ではあり得ないだろう。

　恐怖と緊張に喉が渇き、何度唾を飲み込もうとしても喉の引き攣りは取れない。

「ゴッドシャルク卿、なんのご用でしょうか？　そろそろわたしをお帰しいただく決心がついたのですか？」

　せめて態度だけでも虚勢を張ろうと声を絞り出したが、コンラートにひと睨みされアスリの背中に汗が流れた。

「そうだな。そろそろ始めるのがよかろう」

「……始める？」

　全容が摑めずにいるアスリを無視し、コンラートが腰を上げた。

「いいな、フロラン。あとはお前が好きなようにしろ」

「承知しました、お父様」

　父子の間では話が通っているらしいが、アスリは完全に蚊帳《かや》の外。そのままコンラートは出ていき、アスリはフロランと二人きりにされてしまう。

「フロラン様？　どういう意味なのでしょうか？」

フロランがティーカップをテーブルの上に置いた。

カチャン、と陶器の擦れる音がして、それと同じくらい軽やかに何でもないことのように、フロランがアスリに教えてくれる。

「簡単さ。君を犯せ、ということだよ」

「お、おか……犯せ⁉」

危険を感じ立ち上がったが、フロランが一歩早かった。先回りして扉に近寄り、後ろ手で鍵をかけてしまった。

「僕たち父子は、君の夫に散々苦しめられていてね。いつか借りを返したいとずっと思っていた。それが今日、叶うってわけ」

「……何を言っているの？　苦しめられて、って逆でしょう？　今だって、わたしの夫はあなたのお父上の尻拭いに戦地へ行っているのよ？」

「尻拭い、という言い方も気に入らないね。父は正しい判断をした。だが、部下が予想以上に使えなかっただけだ」

ウォルテガが奪還した領地を、再び急襲してきた隣国。

その対応について作戦会議を開いている最中、コンラートは精鋭三十名の小隊を独断で戦地へと送った。

アスリには用兵がわからない。辺境の地で何が起こっているのかも、噂の伝聞でしか知らない。

しかし第一騎士団の管轄である紛争地域に、第二騎士団所属のコンラートが独断で兵を送り込むことの滑稽さに気づかぬわけではなかった。己の判断ミスを部下のせいにすることの見苦しさも、容易に想像ができた。

だからこそ、フロランの異常さに言葉が出なかった。いくら家族とはいっても、コンラートのしでかした服務違反は擁護できないはずなのに。

「……話を戻そう。僕たちはギルファム・マクトを苦しめたい。そのために、最愛の妻に手を出すのが最も効果的だと判断したのだよ。戦争から帰還してみれば、妻は不在で行方知れず。そんな折に妻を保護しているとゴッドシャルク家から手紙が届き、藁をも縋る思いで訪れてみれば、別の男とお楽しみの最中だった――なんて、随分楽しそうな筋書きだろう?」

アスリはようやく合点がいった。

今までアスリを軟禁するだけで危害を加えなかったのは、ギルファムの帰還を待っていたから。ギルファムに苦痛を与えるために、最愛の妻が他の男に犯されているところを見せたい。そして今日、ギルファム帰還の報せが届き、実行に移すことにしたのだ――と。

「ギルが間もなく戻ってくるの？」

「そうだ。そろそろ王都に入る頃だろう。騎士団本部からの情報だから確かだよ。君の夫には僕と繋がっているところを見てもらうわけだけど、どんな形でも再会は再会。よかったねぇ」

フロランがタイを緩めながら、アスリに近づいてくる。

「いやあ、楽しみだ。君は美人とは言えないけど、顔立ちといい体つきといい、とても気になっていたんだ。尻も胸も大きくて、欲望のままむしゃぶりついてみたい――とね」

興味のない男から突然性的な視線を向けられ、アスリは背筋が凍りついた。ギルファムの帰還、今から起こること、どうやって逃げおおせるか……脳内で情報が錯綜していて考えがちっともまとまらない。

「……やめて。まだ何も起こっていない今なら、わたしも黙っていられるわ。だから自暴自棄にならないで、思い直して」

「事が起こっても沈黙を選べば『何も起こっていない』ことにできるんだよ？　だってそうだろ、妻が他の男に犯されたなんて、あのギルファム・マクトが言えるかい？」

フロランを罪に問おうとすれば、彼が何をしたのかも明らかにせねばならないだろう。しかし妻と己の名誉のため、マクト侯爵家当主のギルファムは、きっと沈黙を選ぶはず。選ばざるを得ないはず。

貴族は体面を大切にする。だからフロランたちは自分たちの罪も闇に葬られると見越し、こんな暴挙に及んだのだ。

（殺すつもりがないのはわかったけど……こんな男に手籠《てごめ》にされるのも、それをギルに見られるのも嫌）

フロランがにじり寄ってくる。アスリも一歩一歩下がって距離を保っていたけれど、背中が壁に当たったことでそろそろ限界だと悟る。

「早いうちに諦めたほうが身のためだ。僕に抱かれることを光栄に思い、誠心誠意奉仕しろ。さあ、どんな手技で僕を楽しませてくれるのか――」

5

「アスリが行方不明になったとは、どういうことだエッカルト!?」

孤立した味方を誰一人欠けることなく救出し、万事平定させ帰路についたギルファムは、道中で執事エッカルトが送った使者と遭遇した。そこでアスリが市場で消えた報せを受け、騎士団をフランツに任せ少数の部下とともに急ぎ帰還した。

だが、道中で使者に会えたとはいえ、事件発生からすでに五日。

屋敷に入るなり、ギルファムは大声を上げた。

するとと目の下にクマを作った執事が飛んできた。

「坊っちゃま！　主の不在時にこのような事件……大変申し訳ございません！」

坊っちゃま、とはギルファムが幼い頃の呼び名だ。すでに成人しているというのに、昔の癖がつい出てしまうほど執事も気が動転しているようだ。

「謝罪は不要だ。そんなものが何の役に立つ？　アスリが無事に帰ってくる保証が得られるとでも言うのか⁉」

アスリの安否がわからない不安から、柄にもなくギルファムはエッカルトに声を荒らげた。すぐに己が冷静さを失っていることに気づき、深呼吸と咳払いをする。

「すまない、今のは八つ当たりだな。……それで、何かわかったことは？」

「順を追ってご説明いたします。まず、憲兵団の全面的な協力のもと、奥様は市場で攫われた可能性が高いことが判明しました。それまでご一緒だったシュリーハルシャ夫人にも聞き取りを行いましたが、事件とは無関係のようです」

「……誘拐か」

金目的だとギルファムはまず思った。歯を食いしばり、エッカルトに尋ねる。

「犯人について情報は？」

「奥様が市場にいらっしゃった時間帯で、黒塗りの不審な馬車が猛スピードで駆けていくところを目撃した者がいました。その馬車が、ゴッドシャルク邸に停まっているところも憲兵が発見しております」

「……ゴッドシャルク？　第二騎士団副団長の？　謹慎中だぞ!?」

ギルファムは耳を疑った。あの男が自分のことを毛嫌いしていることは知っていたが、まさかこんな大胆な真似をするとは。

（自暴自棄になったのか？　俺がいなければ今頃は……と酒が入るたび夢物語に浸っているとは聞いていたが……いや、息子のフロランの仕業かもしれない）

「張り込みにより奥様らしき髪色の女性が窓から顔を出すところも確認できたため、奥様はゴッドシャルク邸にて軟禁されているものとして、現在憲兵がゴッドシャルク邸を包囲しております。先ほど憲兵団より連絡がございまして、坊っちゃまが到着し次第突入する手筈になっているとのことでございます」

「ここまで段取りが整えてあるとは思わなかった。……ありがとう」

さきほどエッカルトに声を荒らげてしまったことを、ギルファムは改めて恥じた。それとともに、アスリのために尽力してくれたことを、心の底から感謝した。

だが、すでに五日が経過している。決して安心できない日数だ。

「すぐにゴッドシャルク邸へ向かい、憲兵団と合流する。最後にエッカルト、ゴッドシャルク卿の目的について、何か聞いていないか？」

「いいえ、わたくしは……――」

こんな時に客人を知らせるドアノッカーが鳴らされた。代わりに対応したメイドが、オロオロしながら手紙を持ってくる。

「旦那様、エッカルト様……ゴッドシャルク邸からお手紙が」

「何だと!?」

急いで封を破り、中の手紙を取り出して目を走らせる。

『ギルファム・マクト閣下
大切な奥方様は、当家での滞在を満喫しておられます。つきましては閣下にも素晴らしい劇をご覧いただきたく、お招きさせていただく次第です。このお手紙をご覧になられましたら、ぜひ我がゴッドシャルク邸をお訪ねくださいませ。

閣下のご来訪をお待ちしております。

コンラート・ゴッドシャルク』

（俺を呼んでいる？　『素晴らしい劇』とは、一体……）

来い、ということはギルファムにもわかるが、目的がどこにあるのか摑めない。

「憲兵団が包囲していることは、ゴッドシャルク邸の人間に気づかれているか？」

「いいえ。詳しくは存じ上げませんが、奥様の安全を第一に考え行動すると聞いておりますので、気づかれないようにしているものと思われます」

「今すぐゴッドシャルク邸に向かおう。先方もそれを望んでいるようだしな！」

ゴッドシャルク邸の周囲には、高い塀に身を隠すようにして百人規模の憲兵団が臨戦体制で待機していた。

「マクト閣下！　お待ちしておりました！」

そのうちの一人がギルファムに気づき、声をかける。

「貴殿が指揮官か？　状況は？」

「屋敷の方々には気づかれておらず、不審な動きも見られません。すぐに突入可能です。ここからは、マクト閣下がご指示を。我々憲兵団は閣下の指揮下に入ります」

「よし、すぐに」

「はっ」

ギルファムは憲兵団と騎士団の連合中隊を引き連れて、ゴッドシャルク邸の正門を叩いた。招待状を送ってくるくらいなのだから、これが正しい礼儀だろうと考えてのことだ。

「帝国第一騎士団団長、ギルファム・マクトだ。主人のところへ案内してもらおう」

「……お待ちしておりました。コンラート様は二階奥の部屋におられます」

出迎えた執事には覇気がない。もっとも、ゴッドシャルク家の状況を正確に把握しているとすれば、その表情も無理はないだろう。しかしそんなことは二の次だ。

執事の横を通り過ぎ、部下とともに屋敷内へと進入する。ギルファムと彼直属の騎士はコンラートの元へ。その他は数名ずつの班に分かれ、屋敷の方々へと散っていった。

　執事の言う部屋はすぐに見つかった。通常ならば仕掛けなどを警戒して入室しなければならないが、最愛の妻を誘拐されたことで頭に血が上っていたギルファムは、勢いよく扉を開けて堂々と入室した。

「ようやく来たか、七光が」

　まず目に入ったのは、執務机に座っているコンラート。しかし部屋の中を見回しても、目当ての人物はどこにもいない。

「アスリはどこだ⁉　妻を返せ」

「連れて帰りたければ連れ帰るがいい。だが、最愛の妻が娼婦と化した姿を見ても、まだ連れ帰りたいと思えるかは別だがな！」

「……どういう意味だ」

　アスリが今、何をしているか。あるいは、何をさせられているか。

　口に出したくないギルファムに代わり、コンラートが余計な世話を焼いてくれる。

「あの女は今頃、儂の倅のものとなっておろう。五年前、貴様が第一騎士団団長の役を辞退しておればなあ。そうすれば儂の尻拭いもせずに済み妻から目を離さずに済み、他の男に犯されもせずに済んだものをなあ！　残念だったなあ！」

　感情に任せて飛びかかりたかった。力の限りぶん殴り、二度とアスリを汚す言葉が言えないようにしてやりたかった。

しかしそんなことをしたとして、アスリが喜ぶわけがない。娼婦云々という話もこの男の妄言という場合もある。だからグッと感情を抑え、ギルファムは低い声で訊く。

「アスリはどこにいる？」

「三階の角部屋、そこが舞台だ。今頃はフロランと睦み合っている頃だろう。それを貴様に見せたいがため、貴様の帰還を待ち招待状を送ったのだよ！」

「……クソッ！」

苛立ちを堪え切れず、少し漏れてしまったがそれどころではない。ギルファムは部下にコンラートの捕縛を命じ任せると、階段を駆け上がりアスリの元へと向かった。

憲兵たちは一階を捜索中で、まだ三階には到達していないようだ。廊下には大柄な男が一人立っており、ギルファムに気づくと、おや、と声を上げた。

「騎士団の制服、その腕章……マクト閣下とお見受グッ――」

相手をする時間すら惜しかった。ギルファムが話を聞くよりも先に男の顎に一発拳を打ち込むと、見事にまっすぐ正しく入り、男は膝から崩れ落ちる。

その隙に扉を開け、ギルファムは妻を助けんと部屋に飛び込んだ。

「アスリッ‼」

「……ギル！」

アスリの命よりも大切なものはない。だからアスリがどんな姿でも、生きているのなら他のことには目を瞑ろうと考えていた。たとえフロランに何をされていたとしても。

ところがアスリは着衣に乱れ一つない状態で、一人ソファに座っていた。ギルファムを目に入れた途端はらはらと涙を流しはしたが、生きていたし、コンラートが目論んだ事態になっているようにも思えない。そもそも、フロランはどこに。

状況が読めず固まったままのギルファムの胸に、アスリが飛びついた。

「よかった、あなたなら絶対に助けに来てくれるって信じていたの！　ごめんなさい、本当ならちゃんと屋敷でギルを出迎えたかったのに、こんなことになってしまって！」

（アスリ……会いたかった！　が、どういうことだ？　どうなっている？　フロランは？）

猫が甘えるように鎧に頭を擦りつけるアスリに、ギルファムは恐る恐る尋ねる。

「無事か？　何もされていないか？　その、フロランに……──」

「ええ、何も。わたしは無事。実はちょっと危なかったけど、組み伏せられる前にマッサージをしてあげたの。そしたらあの通り、グッスリよ」

あの通り、とアスリが指差した先はベッド。天蓋カーテンのせいで気づけなかったが、その上には大の字になって眠りこけているフロランの姿があった。

「……まさか、マッサージをして眠らせて危機を凌いだのか!?」

「そうよ。ギルがもうすぐここへやってくるのだと知って、少しだけならわたしでも時間を稼げるかもしれない、と」

「……っふ、ははは　っ！」

コンラートの悪巧みは失敗に終わった。誘拐されはしたものの、こうして無事に取り返すことができた。

ギルファムは気が抜け、笑いが溢れた。と同時に、妻が一層愛しくなった。

「さすがだ。さすが俺の妻、アスリ。本当にあなたは……――」

かわいくて勇敢で、なんて素晴らしい女性なんだ。そう告げる直前アスリの首元が目に入り、ギルファムは言葉を失った。

アスリの首には内出血の跡が複数あった。この形は、首を絞められた時にできるものだ。

ギルファムは腹の底がキンキンに冷えていくのがわかった。怒りで呼吸が荒くなる。

アスリの肩に手を置いてそっと己から引き離すと、ずんずんベッドへと近寄った。

「フロラン。フロラン・ゴッドシャルク。…………起きろ‼」

何度か呼びかけてようやく、フガッ？　と鼻を鳴らしフロランが薄目を開けた。

「貴様は……ギルファム・マクト？　……あ、いや、貴様ではなく……お前……違う、き、貴殿は……えっ、僕は今、何をして……寝てた？」

眠る前後の記憶がおぼつかず、寝ぼけているのをいいことに、ギルファムはフロランのタイを摑み、無理やり上半身を起こさせた。ついでに勢いのままベッドに彼の顔面を押しつけ、手際よく両手を拘束する。

「俺がお前の父親の尻拭いをしたから、その礼に俺の妻の世話をしようとしてくれたのか？」

言いながら、フロランの両手首を握りながら少しずつ角度をつけていく。

「アーッ！　痛っ痛い！　腕がッ！　腕がもげ、もげるッ‼」

「聞いたところによると、アスリに乱暴するつもりで誘拐したのだとか？」

「ヒイイ、すいませんっ違っはなっ話せばわかる！　違うんです！　確かにそのつもりでしたが、何もできないまま今に至って……あだーーーっ‼」

己の保身しか考えていない誠意のない態度が、余計ギルファムの怒りを煽った。

「何もできないまま？　では、アスリの首にある絞首跡は何なのだ？」

「すみません、あれは僕が！　でもそんなつもりじゃ……んぐっ！　死んじゃうぅ‼」

手に少し力を入れるだけで、フロランは女々しい叫び声を上げた。

肩を外してやってもよかった。殺さないでいてやるのだから、その程度の復讐くらいフロランは甘んじて受け入れるべきだとも思えた。

しかしギルファムの背後にはアスリがいた。フロランの悲鳴でこれ以上彼女の耳を汚したくなかったため、ここで事情を訊くことはひとまずこれで終わりに決めた。

これだけ痛みに弱ければ、どんな情報でも簡単に吐いてくれるだろう。

「フロランを拘束連行する。廊下の男も一緒だ」

部下に命じ先に一階へ向かわせたあとで、ギルファムはアスリの手を取った。

「気をつけてアスリ、足を踏み外さないように」

「大丈夫よ、階段を下りるくらい」

ギルファムがアスリとともに時間をかけて一階へ到着する頃には、すでにフロランもコンラートも憲兵に両脇を固められながら待っていた。

「なかなか粋な舞台だったろう？　寝取られ中の妻になど滅多に遭遇できぬからな！」

拘束された身でありながら、下卑た笑みとともにコンラートが余裕綽々に声を張った。

（なぜこの状況で笑える？　……もしや計画が失敗したことを知らないのか？）

ギルファムがフロランを横目で窺うと、決まり悪そうにサッと目を逸らした。この反応から、コトに及べなかったことをフロランは父親に言い出せずにいるのだと気づく。

「まずご子息に尋ねてみたらいかがですか、ゴッドシャルク卿？」

ギルファムの言葉通り、コンラートは話を振ろうと息子を見て表情を変えた。何かがおかしいと感じ取ったようだ。

「……フロラン？　マクトの嫁を寝取ることに成功したのだろう？　いい機会だ、この大勢の前で言うてみよ！　人妻の具合がどうだったかを！」

「…………で、できません、でした」

「……は？　なぜ？　そんなバカな話があるものか！　儂は確実におぬしらを二人きりにしたぞ？　あれからマクトが来るまでの二時間、おぬしは何をしていたのだ⁉」

　フロランは「寝ていました」と告げたが、声が小さすぎて父親には届かない。苛立つ父親に催促され、どんどん追い詰められていく。

「だ……だからっ！　眠ってたんだよ！　最初にマッサージで体をほぐしてあげると提案されて、随分積極的な女だなと身を任せたら、なんか、あまりにも気持ちよくてっ！」

「お、お、お前は……っ‼」

　コンラートの酒焼けした顔がさらに真っ赤になった。頭に血が上っている。

「僕は悪くない！　あの女が魔法みたいな手技で僕を眠らせたんだ！　あんな技を持っていると知っていたら、もっと警戒していた！　それを告げない父上が悪いんだからな！」

「フロラン貴様、この期に及んで何を甘えたことを……！　あと一歩のところで憎きマクトを苦しめることができたのに――」

「親子喧嘩はあとにしてもらおうか」

　先ほどまでの余裕はどこへやら。ギルファムはアスリを女性憲兵に預け、二人が仲間割れを始めたところで割って入ることにした。

「内情はどうであれ、貴殿は謹慎期間中に甘んじて謹慎を受け入れることをせず、騎士団の家族を誘拐し危害を加えようとした。正式な沙汰は司法院が下すが、これは到底許されることではない。覚悟めされよ」

　当然のことを告げたものの、コンラートはいまだ往生際が悪い。

「……貴様が悪いのだ、儂の栄転を潰し儂を追いつめた貴様が！　貴様さえいなければ、儂は今頃第二騎士団団長の席に座っていた！　実に、憎いっ!!　反乱鎮圧の件もそうだ！　貴様に手柄を横取りされる前にと儂が部隊を送ったのに、余計な手を出しおって！」

「貴殿が送った小隊は全滅するところだったが？　未来ある優秀な騎士三十名を、貴殿のつまらぬ欲のためにみすみす死なせるわけにはいかない」

「儂のために死ねるなら奴らも本望だったろうよ！　兵士など捨て駒に過ぎぬし、畑に行けばいくらでも収穫できるだろう？　大切に扱う必要など――」

　クズ。下劣。品性の欠片もない外道……――。

　堪え切れず抜いた剣をコンラートの鼻先に突き出すと、耳障りの悪い声が止まった。

「畑で収穫した野菜を鍛え励まし成長させ、『捨て駒』ではない優秀な騎士へと育てるのが我々幹部の使命だ！　それがわからぬ貴殿とは、いくら言葉を重ねようがわかり合える時は来ないだろうな」

　己が危害を被ることには敏感なのに、他者の安全や生命が脅かされることには鈍感。これでよく副団長が務まったな……とギルファムは呆れ果ててしまった。と同時に、憤りが収まらない。

（こんな男がウォルテガの貴族、騎士だなど信じられない。アスリを危険に晒したことも叩き切ってしまいたいくらい許せない。いっそここで殺してしまうか？）

しかし結局は矛を納めた。鞘に手を当て、長い刀身をシュッと仕舞う。

コンラートは腰を抜かし、床に尻餅をついた。もちろん誰も助けない。

次いでギルファムが向かったのは、アスリの元。籠手《ガントレット》越しに頬に触れ、柔らかなそこを恭しく撫でる。

「アスリ……ひとまず、あなたの命があってよかった。それから、言いにくいが……――」

「ええ、わかっています。もうしばらく留守になさるのでしょう？」

アスリは微笑み、あなたの仕事を応援するのがわたしの役目ですから、と言った。

離れがたく思っているのは自分だけか、とギルファムは安易に錯覚しそうになったが、踏みとどまった。

アスリはギルファムの役に立ちたいのだ。だから我儘を言わないし、いつだってギルファムに許しを与えてくれる。

「愛している、アスリ」

「わたしもです。ギル、お気をつけて行ってらっしゃいませ」

抱擁を終えたギルファムはアスリに背を向け、残る責務を果たしに向かった。

5章　カタブツはささやかな喜びを潰れるほど抱きしめたい

1

コンラート・ゴッドシャルクには、相応の判決が下された。

まず、対隣国戦線に関し騎士団の規範違反を犯した罰として、第二騎士団副団長を解任。騎士職自体も懲戒免職となり、生涯に渡り騎士への再任用は許されないこととなった。

彼の無根拠で拙速かつ利己的な判断により帝国の重要な財産である精鋭騎士らの命を危険に晒したことについては、ゴッドシャルク家の総資産のうち三分の一を没収という形に落ち着いた。

また、ウォルテガの英雄の妻であり、先々代皇妃の親族であるアスリを誘拐したことに、ギルファムのみならず皇帝が激怒。それゆえ、誘拐に関する裁判が行われるよりも先に、皇帝権限でコンラートから爵位を取り上げてしまった。

これを受けてゴッドシャルク一族は驚天動地の大混乱に陥り、コンラートを激しく糾弾した。その結果、ゴッドシャルク家の当主はコンラートから弟に代わった。

弟はコンラートおよびその息子フロランを一生僻地で幽閉することを条件に、皇帝から新たに伯爵位を叙爵され、ゴッドシャルク家の騒動は落ち着いた。

——と、アスリ誘拐の裁判が開かれる前にここまでの罰が下されてしまったことで、アスリはどうしたものかと悩んだ。

本来ならば誘拐罪には懲役五年から十年が妥当なところだが、すでにコンラートは一生幽閉されることが決まっている。

よって、今後二度とマクト家の人間に関わらないことを条件に、アスリは不問とすることを望んだ。

「まったく、俺の妻は誰にでも優しくて困る。俺を嫉妬させることに余念がないようだな」

ベッドの上でブスくれながら、ギルファムがアスリの肩を抱いた。

「そんなんじゃありません。わたしがどう望もうが、彼らが一生幽閉されるのはすでに決まっていたじゃないですか。だったら、より確実にわたしたちの安全が保障されることを優先しただけです」

（わたしたち。ギルファムとわたしと、これから生まれてくるこの子）

実はまだ、アスリはギルファムに妊娠したことを話せていない。その機会を窺っている段階だ。

「……すまない。ようやく帰邸できたというのに、こんな話ばかりでは色気がないな」

「いいえ。どんな内容だろうと構いません。ギルとこうやって会話できる日が再び訪れることを、ずっとずっと待っていたので」

　時間にすれば、ほんの一ヶ月余りだ。戦地に赴き約四週間で帰ってきてみればアスリは誘拐真っ最中、その後すぐにゴッドシャルクの件にあたることとなったため、さらに追加で一週間、ギルファムは城に缶詰めだった。

　ほんの一ヶ月、されど一ヶ月。

　アスリにはこの時間が途方もないほど長く感じられた。

「改めて、ただいま。部下の一人も欠けることなく帰還することができたが、こんなに遅くなるとは俺も想定外だった。アスリには辛い思いをさせた。遅くなってすまなかった」

「いいんです。ギルが無事であれば、それで。あなたが今ここにいるんですから、全て万々歳です」

　額に優しいキスが落とされ、距離が近まっていく。

「ありがとうアスリ。あなたのいるところが俺の帰る場所だ。アスリが待っていると思うと、何としてでも帰らねば、という気力が湧いた。アスリを守るためならば、俺はどんな強敵が相手でも勝利を勝ち取る自信がある」

　ギルファムがいつになく饒舌だ。この再会がよっぽど嬉しいのだろう。心なしか声も弾んでいるように聞こえる。

「すごいな、愛というのは。自信の源、力の源。……アスリと結婚したことで、全てがいい方向へ進んでいる気がする。かわいいアスリを愛せて幸せだ」

「わたしもです。わたしも、ギルを愛せて……──」

幸せ。

その一言を口にしようとした途端、両親の顔が頭をよぎった。血溜まりの中で動かなくなった母、痩せこけて苦しみ抜いて死んだ父。

己がこれまで幾度となく言った『幸せ』という言葉が、軽薄に思えて吐き気がした。

「──でも、わたしの愛には打算があったの」

これ以上は耐えられなかった。ギルファムを騙し続ける罪悪感に負けた。

「ごめんなさいギル。わたしはあなたを利用しているのかもしれない。……いいえ、そうよ。わたしはわたしの目的のために、あなたをいいように利用している。ごめんなさい。本当にごめんなさい」

「アスリ？　わかるように話してくれ」

突然の懺悔《ざんげ》にギルファムが混乱している。

「母は数年前、目を離した隙に屋敷を飛び出し、馬車に跳ねられ旅立ちました。その時とても後悔して、父からは絶対に目を離さない、最期はわたしが看取ろうと誓いました。同じ部屋で寝起きして数時間おきに体勢を変え、痛いところは和らげてあげて、話し相手にもなった。でも、日々悪化していく症状に父の心も荒んでいき、わたしは頻繁に怒鳴られるようになりました。それでも何とか機嫌を取って、わたしは父のそばにあり続けました」

毎日静かに死を待つ日々。父との思い出は増えたけれど、辛いことも多かった。

「わたしは親不孝な娘です。妻としても失格。結局、わたしはギルにもマクト家にも相応しい人間にはなれなかった」

「ま、待ってくれ、どうしてそんな結論に？　アスリはよくやってくれている――」

「父が死んだ時、わたしの頭にどんなことが浮かんだと思います？」

この思いはきっと、介護を経験した人にしかわからないものだろう。

アスリはなおも己を肯定しようとするギルファムの無理解に苛立ちを覚えた。その一方でそれが八つ当たりだとわかっているから、自己嫌悪にさらに落ち込んだ。

「悲しかったのだろう？」

「ええ、きっと。でも、それよりもわたし、安堵してしまったんです。『ようやく終わった』と」

誰にも打ち明けたことのない感情。ずっと蓋をしてきたものだ。

初めて口に出したので、声が大きく震えた。体も震え、歯の根がカタカタと鳴った。

「仕方がない、と自分の運命を受け入れているフリをしながら、わたしはずっと不条理な現実に腹を立てていたんです。早々に介護が必要になった母にも、病気で寝たきりの父にも、自分の幸せを追求しようのない窮状にも、運命に満足できない自分にも、全てが許せず歯痒かった」

この話を聞いたギルファムが自分のことを嫌いになっても仕方ない。アスリはそう思っていた。

子を産んで、義母に預けたあとは、静かに消えよう。そんな自棄《やけ》すら頭をよぎった。

「父が死んで自分の醜い感情に気づいた時、わたしは自分を嫌悪しました。貧しい中でも両親にはたくさんの愛情をもらったのに、なんて非情な娘だろうと。だから誰かに尽くすことで、罪滅ぼしをしようとして――」

頬を伝う涙が太ももの上に落ちる。すでに何滴も落ちていて、無数の涙の染みがあった。

「それで俺と結婚したのか。……ああ、なるほど、だから『健康な男性』を求めたのか」

病気になったら看病するし、何があっても添い遂げる覚悟はしていた。だが、夫が健康であれば、長い間尽くすことができる。

健康という条件は、アスリの罪滅ぼしには欠かせないものだったのだ。

合点がいって「ああ」と漏らされたギルファムのため息は、失望しているように聞こえた。当然の帰結だが、あまりにも辛く希死念慮に襲われる。

「ごめんなさい。せっかく、こんなにも、あなたはわたしを愛してくれているのに」

「そうだ、俺はアスリを愛している。アスリは俺を愛していないのか？」

（何を馬鹿なことを。どうしてそんな、愚問を）

聞かずともわかることをあえて聞かれ、アスリはカッと目を見開く。

「いいえ！　愛しています！　大切な人です、身も心も触れたいと思えるのはギルだけ！

けれどそれは、あなたを利用している分際で言えることでは――」

アスリは即答した。

しかし最後まで言い切る前に、ホッとした表情でギルファムに手を握られた。

「ならよかった。今までと何も変わらないな！　これからもずっと、一緒にいよう」

何一つ、腑に落ちるものがない。なぜ安心しているのか、なぜ己を嫌わないのか――。

「あの……ギル？　わたしの話、聞いていました？」

「ああ。一言一句聞き漏らしていない。それとも何か？　アスリは俺と離れたいのか？」

「違います‼　でも、だって、ギルはわたしに幻滅したでしょう⁉」

彼は首を振った。凪《な》いだ表情のまま、優しく手を握ってくれている。

「どういう思いを抱いていたにしろ、アスリがご両親を看取ったことには変わりないだろう？　ご両親はきっと、アスリに感謝して逝ったはずだ。最期まで優しい娘であったことを感謝しながら、あなたの幸せを祈りながら」

また涙が込み上げてくる。そうだったらいいのに、と両親のことを思い出すたび心から願い、『そんなはずはない』と自ら否定していたことだからだ。

「もしもアスリが打算で俺を利用しているのだとしても、喜んで利用されてやる。あなたへの愛の前には、細かいことがどうでもよくなるんだ。だから俺がアスリを嫌いになる理由にはなり得ない。むしろあなたの真面目さに惚れ惚れしているくらいだ」

顔が体が迫ってきて、アスリはそっと退こうとした。その拍子に押し倒され、ささやかな口づけが額に落ちた。

「ご両親のことは気の毒だった。心からお悔やみ申し上げる。だが、辛い過去や後悔があったおかげで、俺たちは出会えたとも考えられないか？　アスリのこれまでの経験は、これからのために必要だった。意味のある時間だったんだと」

「そ、う……でしょうか」

（なんて優しいんだろう。ギルが好き。愛している。これからも、あなたを愛していたい……と、欲を出してもいいの？　こんなわたしが？）

アスリの中で想いが渋滞していた。整理もできず、全部伝えられなくてもどかしい。

それなのに、泣けば泣くほどギルファムは笑いかけてくれた。

「そうだ。少なくとも俺はそう思うし、アスリにもそう思える日が来てくれたらいいなと願ってる」

アスリが両親の死を乗り越えるには、まだ時間がかかるだろう。だがギルファムの言葉は彼女の心の奥に響いた。まるで、止まっていた時計の針が再び時を刻みだしたみたいに。

「わたしもそう思いたい。ギルが大好きなの。あなたといたい、ずっと……！」

涙をギルファムが指で拭う。しかし拭いても拭いても溢れるので、そのうち指を諦めて、寝間着の裾で拭われた。

「なあアスリ。久しぶりの再会だというのに、しんみりするのは少し違うと思わないか？」

アスリの懺悔が一段落したところで、ギルファムが優しいキスをくれた。

一ヶ月ものブランクなど、あってなかったようなもの。甘噛みに誘われて唇を開くと、また熱い舌がやってきた。いつもと同じに舌を擦りつけ合って、戯れるように唇を吸い、ねっとりと粘膜を堪能する。

「ずっとアスリに触れたかった。これが一番、生きていると感じられる」

太ももの間にはギルファムの脚。シーツの上を移動する衣擦れの音が聞こえて、彼の膝がアスリの股間にグッと押し当てられた。

こうまでされたら、彼が何を求めているのか否が応でもわかってしまう。……しかし。

「だ、だめ！　だめなの、どうしても、今日だけ……というより、これからしばらく？」

「……は？」

ギルファムの表情から笑みが消え失せた。眉間に深い皺が寄り、まるでアスリを糾弾するような強く冷たい眼差しに変わった。

「なぜだめなんだ？　俺たちは夫婦だ。ずっと我慢していたのに……まさかアスリ、他に男ができ――」

「妊娠したの‼」

どう伝えるのが一番いいのか、これまでに何度も脳内でシミュレーションしていた。しかしその甲斐もなく、どストレートにアスリは告げることとなった。

「ギルの赤ちゃんがお腹にいるの。今はまだ四ヶ月くらい。お医者様にも診てもらったし、月のものも来ないし……確実よ。つわりは落ち着いたところ」

ギルファムは固まって目を丸くするあまり、眼窩《がんか》から目玉が溢れ落ちそうになっている。

「よん、かげつ……四ヶ月？　どうしてそんなに経っ……な、何も聞いていないが……」

「報せを送ってギルが浮かれて怪我してもいけないと思ったから、戻ってくるまで黙っておこうという話になって」

ギルファムの視線が下がっていき、アスリの腹で止まった。「ここにいるのか？」と呟きながらそっと下腹部に触れる。照れ臭さに微笑みながらアスリが「そうよ」と答えると、大きなため息を吐き出しながら、妻の首筋に顔を埋め、唸った。

「そうか……子が。俺が父親になるのか……アスリが母親で、俺が父親……――」

繰り返し口に出すことで、実感を得ようとしているのだろう。だがギルファムはあることに気づき、顔を上げる。

「……待て、話になって？　屋敷の者はみな知っているのか？」

「ええ。使用人のみなさんご存じです。あと義姉も」

「なぜ俺が、父親の俺が一番最後なんだっ!?」

「だって、お医者様を呼んだ時にギルはその場にいなかったから。……それで、ギルは喜んでくださいますか？」

「あ……ったり前だろう!!　子ができたのならなおさら、打算だの利用だのどうだっていい。幸せな未来が待っているのだから、過去のことでくよくよしている時間はないぞ？」

ギルファムの言葉がアスリには頼もしく聞こえた。さっきまで死にたい消えたいと悲観的なことばかり考えていたことが、ばかばかしく思えてくるほどに。

「すまない、つい上に乗ってしまった！　苦しくなかったか？　子に影響はないだろうか？　医者を呼ぶか？　……いや、待て。つまり誘拐された時には、すでに腹に子がいたと？　…………あンの男、父親のほうも息子のほうも、よくもッ!!」

「ギル……あの……ええと」

「最上級の厳罰を望めばよかった。俺の妻だけでなく、子まで危険に晒すなど！」

ギルファムが思い出したようにゴッドシャルク父子への怒りをたぎらせるので、アスリは『大丈夫だ』と返すタイミングを逸してしまった。

2

「かぁか！」

「はいはいオディ、どうしたの？」

一年半後、マクト家には家族が一人増えていた。

母親似の垂れ目と、父親似の金髪と青い瞳を持つ男の子、オディロンだ。

「奥様いけません、花嫁衣装に涎《よだれ》が！」

「大丈夫よ、少しくらいどうってことないわ」

息子の求め通り抱き上げようとしたら、カーリンがハンカチ片手に慌てて飛んできた。

「今日は俺がアスリを独占する日だから、嫉妬してわざと甘えているのか？」

「ふふふ、そこまで深く考えていませんよ。周囲の雰囲気が違うから、オディも不安になっているんでしょう」

口元の涎を拭いてもらっているオディロンに、ギルファムが両手を差し出した。

「そういうことならオディ、ほら。父様のところへおいで？」

「や！　とぉた、やっ！」

「………………」

「だめよオディ、そんなこと言ってはお父様が傷ついてしまうわ」

残念ながらギルファムは、すでに傷ついた表情をしている。

するとそこで控え室の扉が開いた。新たな人物の登場に、オディロンが表情を輝かせる。

「ばぁば！　ばぁばー！」

「は～いばぁばよ、かわいいかわいいオディちゃん」

真っ先に愛孫からばぁばと呼ばれたパトリツィアは、すっかり気をよくしていた。軽やかなステップで近寄ってくるその顔はにやけ、目尻がトロンと垂れ下がっている。

「ほおら、こっちにおいで。お母様は今から大事なお仕事があるのですからね」

先ほどのギルファムと同じように両手を差し出すと、オディロンも両手を広げあっさりパトリツィアの腕の中に収まる。

「お義母様ありがとうございます。でも、重くはありませんか？」

「ええ平気ですよ、このくらい。オディちゃんを抱っこできるのも今のうちですからね。どうせすぐそこのギルファムみたいに大きくなってしまうのですから」

ギルファムのことも自慢の息子だったろうが、孫が生まれた途端、ぷにぷにぷるんな新しい命にパトリツィアは夢中になった。頻繁に別邸を訪れては、孫の成長を間近で観察することに余念がない。両親をすでに亡くしているアスリには、それがとても嬉しかった。

今は結婚式のために領地に滞在中なので、孫の溺愛に拍車がかかっているけれど。

「でも、式よりも子どもが先でも構わないと言いましたが、まさか現実になるとはね」

「ははは……」

お盛んね、と言われているみたいだったが、事実お盛んなので反論のしようがない。そんなアスリに代わり、ギルファムが弁明する。

「母上が見つけてくださった女性があまりにも完璧だったので、我慢できませんでした。それに、子ができないよりはできたほうが母上としても喜ばしいことでは？」

「ええもちろん。あなたたちを責めてなどいませんよ。むしろ『でかした！』と喜んでいるくらいですから」

孫へのメロメロっぷりを見ていれば、パトリツィアの腹に何もないことはよくわかる。

「とにかく、式の間はわたくしがオディちゃんの面倒を見ていますから、安心なさい。ほらギルファム、一年越しの妻の花嫁姿ですよ。今のうちに目に焼きつけておきなさい」

「はい」

次にパトリツィアはアスリに向き合い、感慨深そうに告げる。

「アスリさん、ようやくこの日を迎えることができて、わたくしも感無量です。籍を入れ子も生まれ、そしてお披露目も今日で終わる。これでもう、あなたのことをとやかく言う者はいないでしょう。万一いたとしても、マクト家総出でこらしめてやりますよ！」

「ありがとうございます、お義母――」

感動的な祝いの言葉だ。しかし結婚式の開式直前はできれば避けてもらいたかった。

「ちょっと待ったあ！」

ところがさらに、新たな登場人物がやってくる。

「お、お兄様？　お義姉様も」

いやぁ間に合ってよかった、と息せき切ってやってきたのは、アスリの異母兄とその妻メルテムだ。本当にギリギリである。式前に会っておきたい気持ちはありがたいものの、時間を考えるとアスリは気が気ではない。

メルテムがパトリツィアに気づき、恭しく頭を下げた。

「マクト夫人、ご無沙汰しております。先日はどうもお世話になりました」

「シュリーハルシャ夫人！　お礼を言うのはこちらの方です。大変素晴らしい女性を紹介してくださったおかげで、マクト家の財産も血も、次代へと繋ぐことができました。アスリさんもいい方で、実の娘のように思っておりますのよ」

「そうおっしゃっていただけて私も感無量です。それに……あぁ～かわいい！　オディたん、おばちゃまよ～！　この前会った時はまだ赤ちゃんだったのに、あっという間にこぉんなに大きくなって……！」

「皆様方、そろそろお時間でございますよ！　礼拝堂へお移りくださいませ！」

剛を煮やしたカーリンが声をかけ、世間話はひとまず中断。新郎新婦をその場に残し、みな慌てて控え室から出ていった。

「改めて……アスリ、何度も言うが、本当に綺麗だ」

「ありがとう。ギルもとってもかっこいいです」

結婚式に合わせ、ギルファムの騎士服も白い礼装だ。できることならもっと眺めていたかったが、式までそう時間がない。

顔を見合わせ微笑んで、ギルファムがアスリに合図する。

「慌ただしいことだが……では、行こうか」

「はい」


たくさんの祝福をもらい、結婚式は無事に終わった。その数時間後、二人はベッドの上にいた。

「……一応、今夜も『初夜』ということになるのかな」

「そうですね。もう子どももいますけど、結婚式後に初めてともに過ごす夜ですから」

ベッドの上で二人重なり合い、息をするようにキスを交わす。

と同時にギルファムはアスリの髪を撫で頬を撫で、なめらかな動作で肩紐をするりと外していく。

「アスリに一つ頼みがある。オディも一歳になったことだし、そろそろあの子に弟か妹を作ってやりたいんだ」

子を設けたことで、アスリの乳房は一回り大きく成長していた。

初乳をやったあとは乳母に任せていたのでまもなく母乳は止まったが、乳房は大きくなったまま。

それはギルファムを大いに熱狂させた。

寝間着の身頃をずらすと、大きな乳房がドンと現れた。

血管が透けて見える白く薄い肌。その頂点にある淡い乳輪をギルファムがぱくりと口に含んだ。

「んっ」

彼の口内で何が起こっているのか、アスリに見ることはできない。

しかし舌先で乳首が転がされていることはわかる。

刺激を受けて硬くなった先端はより敏感になり、ギルファムがどう戯れているのか脳に直接伝わってくる。

「きっと兄弟がいたら、この先の人生でつまづくことがあっても、助け合い乗り越えることができると思うんだ。俺は一人っ子だったから、特にそう思う」

唾液で濡れた皮膚に彼の吐息が当たる。

それもまた、えも言われぬ快感だ。

「ええ、賛成です。いい考えだと思います」

体の中心がジンジンして、次第に潤い始める。

「俺は仕事で不在にしがちだし、アスリには苦労をかけてしまうが……」

腰にあるショーツの紐が引っ張られ、解けた。腰から太ももにかけてフェザータッチで触れられて、はあ、と熱いため息が漏れた。

「王都の屋敷には使用人のみなさんが、領地にはお義母様もお義父様もいらっしゃる。わたしを助けてくださる方は大勢いらっしゃいますから、あなたは気にせず仕事に励んできてくださいませ」

「……そう言われると、まるで不要だと言われているようで寂しいな」

「んああっ」
グ、と下腹部が押しつけられて密着した。
その硬さに、思わず声が上がった。興奮しているのは自分だけではない、とわかると、一層恋しく欲しくなっていく。

「ギルが不要になることはないわ。わたしの大切な夫で、オディの父親で、領民にとってはよき領主で、国民にとっては英雄で。いつだってあなたはたくさんの人から求められてきたけれど、その中でもとりわけわたしが強烈に求めているんですよ？」

騎士団長としての仕事も、領主としての仕事も、ギルファムの大切な一部分だと知っている。

だから己の感情のまま夫を独り占めしようとは思わない。

だが、アスリは誰よりもギルファムに救われ、彼を必要としているのだ。それを彼に知っていてほしかった。

「言ってくれるじゃないか」

ギルファムは満更でもなさそうに片頬を上げて、アスリの首筋を吸った。

柔らかい肌には鬱血痕ができ、花が咲いたようにそこを彩った。

「ふ、あ」

大きな手が胸を揉み、腹を撫で、どんどん下腹部へと進む。これから起こることを予期しただけで、腰が勝手に揺れてしまう。

「んんっ！」

秘部に到達した指がためらいなく沈んでいく。その拍子にたらりと蜜壺から愛液が溢れた。

「ギル、ヌルヌルで、気持ちい……、もっとかき、混ぜてほし……っ」

怒涛のように押し寄せる快感で、アスリは頭がいっぱいになった。しかしまだ気をやりたくなくて、彼の頭を胸に抱き寄せ必死の抵抗を試みる。

「指がそんなにいい？　指だけでいいのか？　どうなんだ、アスリ？」

「いや、です……足りない……もっとギルと繋がりたい……っ」

「繋がりたい、とは、どこをどうすればいいんだ？」

胸の谷間にキスマークをつけながら、ギルファムが白々しく尋ねた。

「そんな、どこをどうって……――」

ゴクリと唾を飲み込んで、アスリは腹に力を入れて起き上がった。

座る彼の下半身に目をやると、予想通りズボンの一部が盛り上がっている。

「こ、これを。これが欲しいんです」

ローブを脱がせ、ズボンも下着も脱がそうと手をかけた。するとギルファムのそれが勢いよく飛び出し、アスリの目の前で先走りを滴らせる。

（ああ、もったいない。ギルの大切な体液全て、わたしの体で受け止めたい――）

考えるよりも先に、アスリの体が動いていた。ギルファムの下腹部にまたがり、彼の肩に手をかけた。

背を反らせ、後ろ手に棒の角度を調整して、そのまま尻を落としていく。

「あ、アスリ⁉　待っ……、これ、は、……はぁ、入っ――」

「おっき……待ってください、ゆっくりじゃなきゃ……はぁ、ああう、……あぁ」

痛くはない。快感が大きすぎて、体が戸惑っているだけ。

ギルファムの全長を収めきってしまえば、喋る余裕もわずかだが生じる。

「……ごめんなさい。子どもを作るなら、あなたの種を少しでも無駄にはできないと思って。だから早く繋がってしまいたかったの」

「だからってこんな体位……――」

ギルファムが何か告げるよりも早く、アスリは腰を上げた。襞の凹凸に棒が擦れ、あまりの官能に全身が痺れる。

だがこれで満足しているわけにはいかない。

抜け切る前に腰を落とし、太く長いそれを己の体で咥え込んでいく。スムーズに入る角度や動きを模索しながら、アスリは少しずつ上下運動を速めた。

気持ちよさに息が上がり、体表が汗でしっとり濡れてくる。

「次の子は……娘がいい。息子もかわいいが……、どちらの性別も育ててみたい」

「どっちに似るでしょうか。……できることなら、ギル似の女の子も見てみたい、ですっ」

「無愛想で嫌われるかもしれないぞ?」

「そんなことないわ。きっととびきりの美人になりますとも。こんなに素敵な父上に似て、嫌われるなんてあり得な――っきゃ⁉」

アスリの腰に手がかかり、ぐるんと上下が反転した。衝撃に驚いて目を瞑ったが、開けてみると己を見下ろすギルファムの顔がまず目に映った。

「そうと決まれば、まずは早急にあなたを孕らせねば。全力で愛すから、心してくれ」

「あ、あれっ? 今日こそはわたしが上で――」

「だめだ。あなたが下にいたほうが、漏れる量を抑えられるだろう？」

あなたの種を少しでも無駄にはできない――と言ったことを、逆手に取られてしまった。

呆気に取られ反応できないでいるアスリに、ギルファムがニヤリと微笑みかける。

「幸い、結婚式に合わせて長期休暇を取得している。オディの面倒は母たちがすすんで見てくれるだろうし、いっそ子作り休暇にしてもいいな」

初めて体を繋げた時のことを、アスリはいまだに覚えている。

あの日はずっと睦み合い、朝になっても繋がって、日が暮れても日が昇っても五日間の休暇ほとんどを繋がることに費やしていた。

「で、でも、一晩くらいならまだしも、ここにはお義母様たちもいらっしゃるのに」

「人間としてごく自然の営みだし、孫が増えたほうがあの人たちも喜ぶだろう？」

「そうかもしれませんけど……ああんっ！」

荒々しく最奥を攻められ、アスリのまともな思考は途絶えた。

「ほら、そろそろ初夜に集中してくれ。あなたの中をたくさん愛撫するから、乱れて善がって俺を求めてくれ――」

子作り休暇が功を奏し、まもなくアスリは二度目の妊娠を果たした。しかし生まれたのは男児。

もちろん男児もかわいいのだが、女児も欲しいという夢を捨て切れなかったギルファムはその後も励みに励み続け、第四子にしてようやく女児が誕生した。

アスリ、ギルファムとその両親はもちろんのこと、三人の兄たちもたちまち妹にメロメロになり、蝶よ花よと手を尽くしてかわいがった。

母親似の上三人とは異なり、妹は父親に似てクール系の美女へと成長した。

帝国中の男たちは彼女の美貌の虜となり、みなこぞって隙あらば求婚をし……否、しようとしたがその頃には三人の兄も屈強な騎士へと成長していたため、よその男は近づくだけでひと苦労。脱落していく者が後を絶たなかった。

結局のところ彼女を射止めたのは、父や兄らに引け劣らぬ騎士の一人だった。

『彼が一番健康そうで、長生きしてくれそうだったから』とは、母アスリが父ギルファムを求めたのと同じ理由。

こうして、マクト家は今日も繁栄していくのであった――。

おしまい

あとがき

ヴァニラ文庫様ではお初にお目にかかります。葛城阿高《かつらぎあたか》と申します。本作をお手に取ってくださり、どうもありがとうございます！

過去の後悔を晴らすために尽くす対象を求めていたヒロインと、とにかく自分に干渉せず従順に尽くしてくれる（巨乳の）女性を求めていたヒーローが、うまい具合に巡り合い損得抜きで仲を深めハッピーラブラブになるお話でしたが、いかがでしたでしょうか。

本作ではゆっくり愛を育む系カップルを意識して書いてみました。灼熱のラブもいいですが、じんわ〜り温かくなるような穏やかなラブもいいですよね！

実は当初、アスリは現代からやってきた二十七歳の日本人という設定でした。

両親と死別したヒロインのために叔母が紹介してくれた嫁ぎ先が異世界で……という、レーベルカラー完全無視（申し訳ございません……）の導入部を考えていました。ですが担当様のご助言もありいい感じに修正を加え、現在のアスリに落ち着きました。

一方で、ヒーローが騎士団長で筋肉質、という設定は当初のままです。筋肉フェチとしてはこれが本当に嬉しい。力こそ正義、筋肉こそ正義！

ちなみに、ギルファムは脂肪の少ない細マッチョです。個人的には脂が乗った超ガチムチがド性癖ですが、これはこれで爽やかでいいですよね。ね‼（同意を求める）

一口に『筋肉』と言っても様々で、沼の深さはいまだ計り知れません。強さ・優しさ・高潔さを兼ね備えたあの素晴らしい質量を、皆様とともにこれからも推していきたいと思っています。

最後になりましたが、謝辞を述べさせてください。

唯奈先生には、素敵な二人をたくさん描いていただきました。中でも、ベッドの上でキスをする挿絵がロマンチックで大のお気に入りです。ありがとうございました！

担当様にも本当にお世話になりました。振り返るとご迷惑をおかけしてばかりで反省しきりなのですが、いつも的確なご指示と即レスで気持ちよく執筆にあたることができました。ありがとうございました！

そして読者の皆様。数ある作品の中から本作を選んでくださり、どうもありがとうございました！　私の書いた物語が、あなた様の好みであることを願っております。ついでに性癖にブスッと刺さっていたらもっといいなと思います。本作に携わってくださった皆様が、身も心も歯も健やかで毎日幸せでありますように！

葛城阿高

カタブツ騎士団長は溺愛旦那様!?
～没落令嬢ですがお見合い結婚で幸せになりました～ Vanilla文庫

2024年1月20日　第1刷発行　定価はカバーに表示してあります

著　者　葛城阿高　©ATAKA KATSURAGI 2024
装　画　唯奈
発行人　鈴木幸辰
発行所　株式会社ハーパーコリンズ・ジャパン
東京都千代田区大手町1-5-1
電話　04-2951-2000（営業）
0570-008091（読者サービス係）
印刷・製本　中央精版印刷株式会社

Printed in Japan ©K.K. HarperCollins Japan 2024 ISBN978-4-596-53435-4